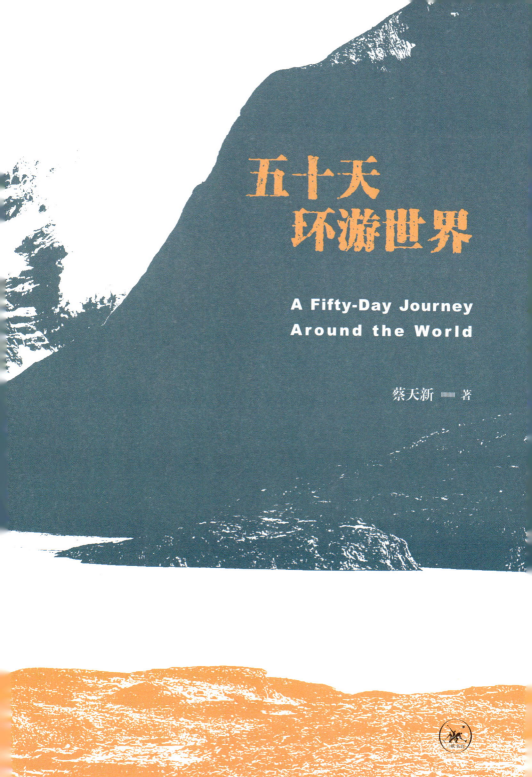

Copyright © 2024 by SDX Joint Publishing Company.
All Rights Reserved.
本作品版权由生活·读书·新知三联书店所有。
未经许可，不得翻印。

图书在版编目（CIP）数据

五十天环游世界 / 蔡天新著 . —北京：生活·读书·新知三联书店 , 2024.8
ISBN 978-7-108-07814-8

Ⅰ.①五… Ⅱ.①蔡… Ⅲ.①游记－作品集－中国－当代 Ⅳ.① I267.4

中国国家版本馆 CIP 数据核字 (2024) 第 058740 号

责任编辑	林紫秋
装帧设计	刘　洋
责任校对	张　睿
责任印制	卢　岳
出版发行	生活·讀書·新知 三联书店
	（北京市东城区美术馆东街 22 号 100010）
网　址	www.sdxjpc.com
经　销	新华书店
排　版	北京金舵手世纪图文设计有限公司
印　刷	河北品睿印刷有限公司
版　次	2024 年 8 月北京第 1 版
	2024 年 8 月北京第 1 次印刷
开　本	880 毫米 × 1230 毫米　1/32　印张 9.5
字　数	166 千字　图 171 幅
印　数	0,001 - 4,000 册
定　价	78.00 元

（印装查询：01064002715；邮购查询：01084010542）

到今有遗恨，不得穷扶桑。

——杜甫

我把世界的每一处地方都看作自己的故乡。

——彼得·保罗·鲁本斯

没有一个地方让我喜欢，我就是这样的旅行者。

——亨利·米肖

目录

前言 1
写在前面的话 7

I 从亚洲到欧洲 1

1 启程，沪杭线上 2
2 儒勒·凡尔纳 4
3 浦东国际机场 7
4 "汉莎"的菜单 10
5 遥想成吉思汗 12
6 穿越西伯利亚 18
7 乌拉尔山脉 21
8 鞑靼共和国 26
9 潮湿的森林 32

II 飞越英吉利海峡 39

1 滞留法兰克福 40
2 出版人的奥运会 44
3 月光下的埃菲尔铁塔 48

4	探访拉雪兹公墓	……… 53
5	塞纳河畔的酒香	……… 57
6	作为中转站的伦敦	……… 61
7	艾略特的《猫》	……… 64
8	剑桥和布莱顿	……… 68
9	"耆英号"的远航	……… 72
10	阿瑟·韦利	……… 75

Ⅲ 从欧洲到美洲 ……… 81

1	飞越北大西洋	……… 82
2	马提尼克岛	……… 85
3	马拉开波湖	……… 89
4	图书博览会	……… 92
5	加拉加斯艺人	……… 96
6	麦德林狂欢节	……… 100
7	硕士论文答辩会	……… 103
8	卡利的夏天	……… 107
9	告别哥伦比亚	……… 111

IV 从北半球到南半球 117
   1　经停赤道线 118
   2　"红眼航班" 121
   3　瓜亚基尔会晤 124
   4　飞越印加帝国遗址 128
   5　的的喀喀湖 133
   6　马丘比丘之巅 140
   7　到达圣地亚哥 145
   8　聂鲁达故居 149
   9　瓦尔帕莱索 153
   10　玛丽安娜的爱情 156

V 从美洲到大洋洲 161
   1　我飞进了南极圈 162
   2　从阿根廷到新西兰 165
   3　塔斯曼和毛利人 168
   4　留有衣缝的悉尼 171
   5　两个大洋的汇合处 175

6	《便笺集》与数论会议	……… *179*
7	悉尼湾的夜晚	……… *183*
8	堪培拉之旅	……… *186*
9	墨尔本的企鹅岛	……… *190*
10	阳明，两个湖北人	……… *193*
11	阿米代尔之旅	……… *198*

VI 从大洋洲到亚洲（上） ……… *203*

1	穿越千岛之国	……… *204*
2	万隆国际会议	……… *206*
3	燕窝和独音琴	……… *209*
4	水边的雅加达	……… *213*
5	苏门答腊岛	……… *217*
6	樟宜国际机场	……… *220*
7	新加坡牛车水	……… *224*
8	欧亚大陆的南端	……… *227*

VII 从大洋洲到亚洲（下） 233
1 从南海到东海（上） 234
2 文莱达鲁萨兰国 237
3 从南海到东海（下） 242
4 饭冢的金光滋 245
5 阿苏火山之旅 249
6 原子弹的长崎 253
7 中日数论会议 258
8 去往唐朝的渡口 261
9 尾声：回到起点 268

附录 生命是由旅行组成的 275

世界地图

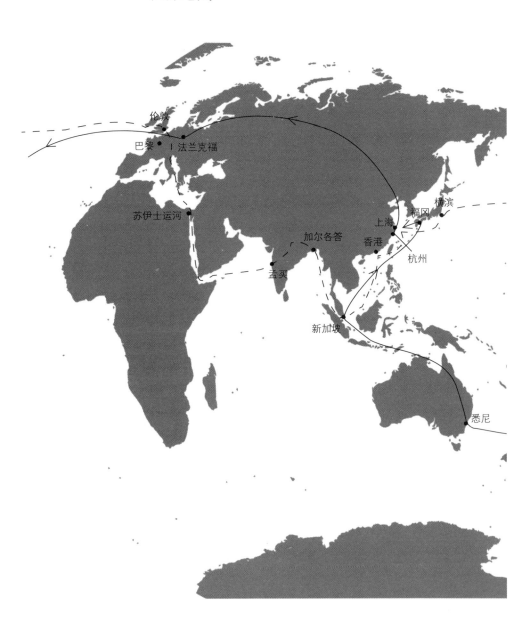

前　言

1

在读到19世纪法国作家儒勒·凡尔纳的科幻小说《80天环游地球》之前，我便听说了春秋时期的孔子"周游列国"的故事，那是20世纪70年代初"批林批孔"运动期间，明显带有嘲笑讽刺的味道。

说到"周游"，这个词的原意是指到处游说。最早出于《管子·小匡》："又游士八千人，奉之以车马衣裘，多其资粮，财币足之，使出周游于四方，以号召收求天下之贤士。"不难推测，管仲所言，应该是有宣传本国、游说吸引外来人才等目的。

唐代史学家司马贞在《史记索隐》中对《史记·太史公自序》有一句评语："（司马迁）周游历览，东西南北。"司马贞世号"小司马"，他这部《史记索隐》也被史家认为是"史记三家注"中最有价值的。

至于古代诗人的壮游，大约始于唐代。李白少时"仗剑去国，辞亲远游"，"一生好入名山游"，仅庐山他就去了5次。杜甫55岁时，在夔州（今重庆奉节）甚至写下了自传性的《壮游》，诗中表达了未能东渡日本的一丝遗憾：

东下姑苏台,已具浮海航。
到今有遗恨,不得穷扶桑。

而在欧洲,早在公元前,古希腊的数学家和哲学家便频频穿梭于地中海。文艺复兴以后,Grand Tour(大旅行)的思想更是从上流贵族逐渐渗透到了平民阶层。

说回孔子的"周游列国",当初他和弟子们历经卫、曹、宋、齐、郑、晋、陈、蔡和楚等国,相当于今天的鲁西南和豫东地区。而这句成语却出自明末冯梦龙、清初蔡元放的《东周列国志》第78回:"(孔子)有圣德,好学不倦。周游列国,弟子满天下,国君无不敬慕其名,而为权贵当事所忌,竟无能用之者。"

清代长篇小说《说唐全传》第43回写道:"我们如今周游列国,到处为家。"这部小说的作者不详,故事起于隋文帝平陈,终于唐太宗统一。以瓦岗寨(今安阳滑县)群雄的风云际会为中心,塑造了一大批起义英雄的形象,如秦琼、程咬金、罗成、尉迟恭等等。至此,"周游"的意义已从游说转化为遍游。

2

从明天起,做一个幸福的人
喂马,劈柴,周游世界
从明天起,关心粮食和蔬菜
我有一所房子,面朝大海,春暖花开

这四行诗是当代诗人海子（1964—1989）的名作《面朝大海，春暖花开》开篇一节，这首诗与徐志摩的《再别康桥》一样，可能是20世纪流传最广的现代汉语诗歌。有人说它是海子在青海中北部城市德令哈写的，德令哈在蒙古语里的意思是"金色的世界"，是海西蒙古族藏族自治州州府所在地，也是从西宁去往拉萨的青藏铁路必经之地。

这个说法恐怕有误，但至少，海子在这座西部小城写过一首诗《日记》，开头第一句，"姐姐，今夜我在德令哈"。据说这位姐姐姓白，是南方人，已婚并育有子女，是海子的红颜知己。为了追寻这位姐姐的脚步，海子两次来到青藏高原，每当火车经过时，他都有意在德令哈留宿一晚。

海子第1次到德令哈是在从西宁去莫高窟朝圣的路上，他坐火车来此，然后换乘汽车去敦煌。1988年秋天，海子第2次经过德令哈前往西藏，正是这次造访，让海子写下这首抒情诗《日记》。一句"姐姐，今夜我在德令哈"，让许多海子的追随者来此，感受"雨水中一座荒凉的城"，"不关心人类，我只想你"。

令人惋惜的是，在写下《面朝大海，春暖花开》半年之后，海子在山海关附近卧轨自杀，结束了自己的生命，年仅25岁。这是诗人理想和梦想破碎之后的绝望之举。多年以后的今天，海子和姐姐的故事仍然扑朔迷离，《日记》一诗则越传越广，进而让更多的人向往德令哈。

海子本名查海生，说起来刚好比我小一岁，和我一样也是15岁上的大学。虽然我认识海子大弟，到过海子的故乡安徽怀宁高河镇查家湾村，参观过海子故居，拜谒过村口的海子墓，却从未去过德令哈。2011年夏天，我受邀参加了青海湖诗歌节，到过青海湖的南部半岛。不过，仍与德令哈有300公里之遥。

3

由于现代社会的分工越来越细，虽然我们与先辈们相比可能活得更久一些，学术和写作条件也更好一些，要想取得牛顿或莎士比亚那样的成就却是不可能的了。可是，随着交通、医疗和物质生活条件的改善，我们确信能比古人走得更远一些。我有时候甚至这么想，这有限的地球，恰好是为了我们有限的生命安排的。

新世纪之初，我有幸获得一次机会，在50天的时间里，自东向西绕行地球一圈。我从亚洲到欧洲，又从欧洲到美洲，再从美洲到大洋洲，最后从大洋洲又回到亚洲。既拓展了夫子的"周游列国"，也完成了海子梦想过的"周游世界"。从北半球到南半球，再从南半球回到北半球，两次穿越了赤道线，飞越了大西洋和太平洋，并在返回亚洲的旅途中穿越了一小片印度洋的水域。

这可以算是我的一次壮游，是前辈数学家和诗人不曾有过的壮游，它甚至可以容纳机翼下方过往的许多小旅行。在两首早年写于不同时节的旅途的诗歌中，有这样两节：

我在五色的人海里漫游
潮湿茂密森林里的一片草叶
——《漫游》

> 诗是掺和了记忆的一个个圈套
> 等待为之怦然心动的人和事物
> ——《序曲》

记得有一天，我从玻利维亚首都拉巴斯出发，渡过高原上的明珠——的的喀喀湖，到达秘鲁普诺（打算从那儿乘飞机去库斯科，再坐汽车和火车前往马丘比丘）。就在我们快到普诺时，遭遇了一场特大暴雨，瞬间让我感受到了"雨水中一座荒凉的城"。

在现代社会里，挣钱对有些人来说是轻而易举的，而旅行对我来说可以算是拿手好戏。一本本地图册和手绘旅行线路图集在背后推动着我，我总是能把一次机会扩展成为多次机会，努力做到不走回头路，让走过的路绕成一个个圆圈，它们也是微缩的环球旅行。

在旅途中我遇见不同种族、形形色色的人，也有各种各样的疑惑。例如，南极洲的企鹅为何会出没在温暖的澳大利亚海岸？清代中国制造的木帆船"耆英号"如何在众目睽睽之下抵达好望角、纽约和伦敦？李白、杜甫和白居易如何成为享誉世界的诗人？尤其是，缘何日本在派遣大量的留学生来华学习、采用汉字书写体系后，突然在17世纪完全中断了与中国的交往和联系？

2024年春天，杭州天目里

写在前面的话

这并非我有意为之的环球旅行,却是我有生以来的第一次。起因是这样的,我要去南美洲的安第斯山间,确切地说,是哥伦比亚共和国的第二大城市麦德林,去我曾经访问并执教过的该国最古老的安迪基奥大学,参加一场研究生论文答辩会,同时为我和哥伦比亚数学同行吉尔伯特·加西亚教授联合主持的一项国家级科研项目结题,却在不经意间自东向西绕行了地球一圈。

这次旅行在我的手绘旅行地图中编号为第189—194次,记录在第三册,所经的路线依次为:亚洲、欧洲、美洲、大洋洲、亚洲,并在南太平洋的一次飞行途中与南极洲擦肩而过。虽然只用了50天,却经历了春、夏、秋、冬四个季节,并两次穿越了赤道线。除了大西洋和太平洋以外,还飞越了印度洋的一小片水域,以及多条注入北冰洋的河流。本书的章节正是按地理,而不是时间来划分的。

读者可能会想起,19世纪法国作家儒勒·凡尔纳的科幻小说《80天环游地球》(1872)。这部著作的主人公福格是位英国绅士,他与人打赌,要用80天的时间环游世界。结果他带着法国仆人路路通从伦敦出发,自西向东绕行了地球一圈。他们的路线也经过了四大洲,即欧洲、非洲、亚洲和美洲。不同的是,我书写的是自己真实的旅程。不过,我也会提及和描述关于途经之处的其他旅行和感悟,不管是陆路经过，还是空中飞越它们。

由于凡尔纳的时代还没有飞机和汽车，福格和路路通主要是乘火车和轮船，其中有4段火车旅程，历时17天，分别是从法国的加来到意大利的布林迪西，从印度的孟买到加尔各答，从美国的旧金山到纽约，从英国的利物浦返回伦敦。而我的旅行则以飞机为主要交通工具，有的路段会乘坐火车和汽车，独自乘船渡过了世界上海拔最高的大湖——的的喀喀湖，还曾与友人驾舟在悉尼湾徜徉。

让本人引以为傲的是，凡尔纳小说的主人公所走的路线均在北半球，唯一与赤道线擦肩而过的地方是新加坡，而我不仅游历了新加坡，还抵达了南纬35度的阿根廷和澳大利亚。他们走过的路线总是从西向东，我则时有往复，例如，从基多经圣地亚哥到布宜诺斯艾利斯，从新加坡到福冈，而在波哥大与麦德林、卡利之间，也曾有过几次往返。

坦率地讲，假如有人与我分享了这次旅行，我或许不会动笔去写这本书。而假如我不去写这本书，我旅途中遇到的人和事就会被淡忘，甚至会从我的记忆中消失掉。即使我写了这本书，假如没有人把它翻译成别的语言，也不会有身在异国他乡的故人在有生之年看到它。因此，这本书主要还是写给旅途之外认识或不认识的读者的。

考虑到上述因素，书中出现的人物名字就没有必要全是真名。事实上，许多有趣的人（似乎南半球遇见的更多）我连姓名都没有问及。但我有一个习惯，我所写到的每一件事必是亲身经历的，也就是说，是真实无误的。因此，万一出现了某种偏差，那也是由于我的记忆错误，而不是故意所为。

  不知道对读者而言，这个习惯是好事还是坏事。我一向以为，人们是出于内心的某种需要才去阅读或相信别人的文字的，不然的话，恐怕连最浪漫的电影故事也卖不出去。顺便提一下，我在南美结识的一位外形酷似马龙·白兰度的老友——意大利作家约塞夫·孔蒂曾说起过，"编故事是一个人缺乏生活经历不得已而为之的一件事"。

Ⅰ
从亚洲到欧洲

像这样,在蔚蓝的空气里
融进了无穷无尽的渴望
——(俄罗斯)玛利亚·茨维塔耶娃

1　启程，沪杭线上

杭州新客站（城站火车站），新世纪的第一个春节刚过，天气仍十分寒冷，回家省亲的人大多未踏上归途，乘客三三两两地通过检票口。考虑到旅行所经国家的季节变化，我披了一件样式老旧的外套，打算把它留在某个国际机场的垃圾箱里。就像是一枚多级火箭，我开始了漫漫的征途。

说到沪杭铁路，它始建于1906年，1909年建成通车，比沪宁铁路（民国时期叫京沪铁路）开建晚两年，通车晚一年。说到沪杭铁路，它的主要发起人是在上海的两位浙江人——汤寿潜和张元济，其中萧山人汤寿潜是著名实业家、政治活动家，而海盐人张元济是著名出版家、商务印书馆董事长。

原先，他们计划把杭州的终点站设在艮山门，支线通拱宸桥，那里当时是日本人的租界。恰好那会儿，汤寿潜的女婿、20岁出头的马一浮（未来的国学大师，浙大校歌作者）从欧美游学归来。在青年马一浮的强烈建议之下，杭州站才设在如今的城站，支线通南星桥，这样既方便杭州民众，又可以与钱塘江水系相连。

我出发那会儿，离沪杭高铁建成运营尚有十年时光（杭州湾上的两座跨海大桥也未列入议事日程），因此火车速度不是那么快。对窗外的景色我早已熟视无睹，更不易察觉的是，眼前的绿色和田野在一天天地减少。很快我便发现，今天车厢里的气氛比较活跃，大家都在热烈地交谈着。或许，这是节日带来的喜庆，也可能是短途旅行的缘故。

西子湖畔的一棵桃树,作者每年从这里出发去看世界。《城市画报》供图

我的对面(绿皮火车的好处)坐着一位叫山田的中年日本人,他穿着一件粗呢的便装,皮鞋明显多日没擦油了,也没有系领带,左手紧紧捏着一个娃哈哈矿泉水瓶,里面的饮料像是凉透了的红茶。那会儿农夫山泉饮用水虽已经投产,但影响力尚不及同城的娃哈哈,虽然后者的外形和手感略显笨拙。

之所以能够准确地判断出山田的国籍,是因为他和他身旁的女友——一位外表靓丽、穿戴时髦的女士——交流不时借助纸上的汉字。尽管如此,在长时间的情感生活以后,山田变得更像是中国人,而他的女友反倒有了日本人的味道。当我发现山田能讲简单的英语时,他也收起了笔,与其说他找到了一个翻译,倒不如说是出于对英语的尊重。

聊起来才知道,山田在东阳经营一家乳品企业,拥有数十万的消费者,算是一名比较成功的企业家了。山田告诉我，他在日本的母公司连年亏损，全靠中国子公司的赢利补贴，这种现象业已存在甚或普遍。现在，一个小小的疑问产生了，日本人通常是喝绿茶的。在我的询问之下，山田摇了摇手中的容器，原来里面装的是苏格兰威士忌——为了掩人耳目，女友想出了这一妙计。

山田一家三代对酒精有着特别的嗜好和依赖，他的听觉因此受到了损伤。他叹息说，现在的日本经济就像当年的大不列颠王国一样江河日下。明天，山田就要从上海飞回故乡横滨，有意思的是，当他抵达位于东京湾西侧的成田机场时，送客的女友却仍在返回杭州的铁路线上。而我那时已有预感，在本书所提及的数十座岛屿中，日本的九州将会是最后出现的。

2 儒勒·凡尔纳

说到横滨，它是东京的外港，也是凡尔纳的小说《80天环游地球》的主人公从上海出发后抵达的港口。现在，请允许我简略地回顾一下这位作家和他的小说。1828年，凡尔纳出生在大西洋港市南特，确切地说，是流经市区的卢瓦尔河中的一座人工岛——费多岛上。他的母亲来自航海世家，最初，他在一位远洋轮船船长的寡妇创办的学堂学习。中学毕业后，遵循父亲的意愿考入巴黎一所大学的法学院。

因为青年时代爱上的两位女子先后嫁给别人，在为其中一位写作了大量诗歌以后，凡尔纳发现文学对自己的吸引力超过了法律。第三次恋爱同样以失败告终，又促使他

科幻小说的先驱——
凡尔纳

写作了大量剧本,其中一部《折断的麦秆》在他的好友大仲马的剧院上演并获得成功,同年他获得法学学士学位。28岁那年,凡尔纳爱上了一个有两个孩子的寡妇(并非那位船长夫人),并于翌年娶了她。

从那以后,凡尔纳专注于科幻小说创作,获得了巨大成功,他以"在已知和未知的世界中的奇异旅行"为总标题,发表了三部曲《格兰特船长的儿女》《海底两万里》和《神秘岛》。我看过依据他的小说《地心游记》改编的电影,非常吸引人。如今,他与英国作家赫伯特·乔治·威尔斯、卢森堡出生的美国作家雨果·根斯巴克分享"科幻小说之父"的美誉。

我曾反复阅读威尔斯的《世界史纲》,而雨果奖则是科幻文学界的最高奖,且颁发的分类奖项名目繁多。《80天环游地球》是凡尔纳最著名的小说,1956年被迪士尼公司拍成电影后广受欢迎。1872年,46岁的凡尔纳迁居巴黎以北140公里处的亚眠,如今属于巴黎一小时经济圈。那年冬天,巴黎的一家杂志开始连载他的这部小说。亚眠是主人公经过的城市，也是现任法国总统马克龙的故乡，他在亚眠上中学时爱上比他年长24岁的老师，15年以后他们结婚了。

有趣的是，福格出发环游世界以前，从没有离开过伦敦，他与路路通克服了无数艰难险阻，包括躲避苏格兰侦探费克斯坚持不懈的追捕，途中他们经地中海、红海、印度洋、南海、太平洋、大西洋，游历埃及、印度、新加坡、中国、日本、美国等地，最后安全地返回了伦敦。其时苏伊士运河刚刚开通3年，一路上福格机智、勇敢，表现出十足的绅士派头。

作者在介绍各地的风土人情和地理特征的同时，还以强烈的正义感和人道主义精神，对各种野蛮、愚昧的社会现状（比如英国鸦片对中国人民的毒害）进行了批判和鞭挞。与凡尔纳的其他小说一样，主人公艳福不浅，这一点似乎被后来的"007"系列电影所继承。在从孟买到加尔各答的旅途中，福格救下了即将被殉葬的寡妇阿乌达。为赢得美人芳心，福格购买了一头大象代步，其时有一段50英里长的铁轨坏了。

此后，他们的旅途不再寂寞。但当他们乘坐"仰光号"在新加坡逗留了一天，然后漂过南海抵达香港，却发现阿乌达原本打算投靠的亲戚已移居荷兰，于是福格决心把她带到欧洲。而费克斯认定英据香港是抓捕"银行劫犯"福格的最好时机，他用计在鸦片馆里把路路通灌醉，让福格失去帮手，不料最后仍未能如愿。之后，福格和阿乌达乘坐小小的引水船赶往上海。他们在横滨与先期到达的路路通会合，三人一同去了纽约……

3　浦东国际机场

上海有着得天独厚的地理优势，它位于波涛汹涌的长江的入海处，有一条吃水很深的黄浦江贯穿市区。在全世界所有大河入海处形成的城市中，上海无疑是最重要的，亚马孙河和黄河的入海处没有形成真正的城市，古代尼罗河入海处的亚历山大和密西西比河入海处的新奥尔良只能算是中等城市，而伦敦、巴黎和纽约这3座大都会分别傍依着3条小河——泰晤士河、塞纳河和哈得孙河。

上海的缺点也显而易见，既没有一处迷人的海湾，也没有一座山峦（最高的西佘山海拔仅100米，坐落于远离市区的松江），尤其让人感到遗憾的是，见不到一滴湛蓝的海水。因此，绝大多数市民一生从未想过要步行或骑车去看看几十公里外的大海，这一点注定使上海成为一座讲究

作者在上海浦东国际机场登机

登机牌：上海（PVG）—法兰克福(FRA)

实效的城市。

  上海人的浪漫情怀大多是由外国人培养起来的，也就是说，只有一小部分人迷恋上了西式生活和对浪漫的追逐。从这个角度出发，就不难理解浦东国际机场的造型为何如此简洁明快，它既让人挑不出毛病，又没有一处舒适的场所可以眺望城市（抒发离情别意）、飞机的起降（尤其是在雨中），抑或近在咫尺的大海。

  在办理登机手续的时候，我遇到了一对河南来的母女。女儿小谢刚过20岁，在英国曼彻斯特大学念书，这会儿寒假结束，准备返校了。由于看错了机票上的日期，她们早来了上海一天。幸好小谢在沪上有一位热情好客的小姨，也算是为姐妹俩的相聚创造了一次良机。

作为一位成功的私营集团总裁夫人，谢太太的爱女之情溢于言表，不仅千里送女到上海，还担心她的手提包超重，过不了海关。对此做母亲的爱莫能助，把女儿委托给了我，谁让我轻装一身呢。放眼望去，和我们同乘一架飞机的少男少女还真不少，看来今天的飞机要满员了。

近年来，英国和欧洲大陆一些发达或欠发达国家的教育部门，为吸引中国富裕人家的子女自费留学争得不可开交，结果有了不久以前前复旦大学校长杨福家教授受聘英伦虚职一事，明明是在做广告，却被我们的媒体炒个没完。事实上，只要稍加分析，就不难看出破绽，英国人既然要聘任一位校长，为何要挑选一位退休了的呢？

当然，我无意在此否定这位物理学家出身的已故校长，事实上，从杨先生后来的言行来判断，他比起许多在任的同行来更具教育家的风范，也因此后来被我邀请来浙江大学做客理学大讲堂。我甚至想起了吉米·卡特，这位美国前总统也是在退休以后赢得了更广泛的声誉，以至于在他卸职21年后获得了诺贝尔和平奖。

按照国际惯例，所有旅行社开出的机票上都写明，每位乘客托运行李不超过20公斤（有些是25公斤），随身的手提包则限制在5公斤以下。可是，经常出门的人心里明白，后面一条只是表面文章，就像高速公路上的限速标志，通常时速可以上浮10%。而今天，警笛鸣响了：航班满员。因此谢太太的担心是有道理的。

经过探测仪的时候，我和小谢交换了提包，检查人员主要依据乘客拎包时看上去是否费力来判断分量，因此我们顺利过关。没想到，后来又有工作人员出现，拎起小谢手中那只沉甸甸的提包,我急忙上前打圆场,声称我们同路。幸好,没有人检查我们的登机牌,否则就会发现,虽说我俩的中转站都是法兰克福,但目的地并不一样。

4 "汉莎"的菜单

"汉莎"(Lufthansa)是德国最大的航空公司,也是欧洲最大的航空公司之一。虽然它的历史不如荷兰皇家航空公司(KLM)悠久,这个名字却至少在15世纪就已经存在了。那时,波罗的海和北海沿岸的一些市镇,在汉堡、不来梅和吕贝克的领导下,松散地结合成一个"汉莎同盟",用以对付日渐强大的北欧海盗,这也形成了德意志的雏形。

多年以后,我在访学哥廷根大学期间,有幸乘火车游历了汉堡和不来梅,它们是首都柏林以外德国仅有的两座直辖市,也是德国吞吐量最大的两个港口,分别位于易北河和威悉河下游的大西洋出海口。遗憾的是,那次旅行我错失了汉堡附近的吕贝克,它是德国波罗的海的重要港口。

"汉莎"的空姐是清一色的日耳曼人,她们的服务质量并不比别的航空公司出色。说实话,对于长途旅行的乘客,东方姑娘的微笑最能驱除疲倦。可是有一回,我乘坐飞越大西洋的航班,飞机在能见度仅几十米的雾中降落法兰克福机场,居然毫无察觉,引发全体乘客热烈的掌声。从此以后,我便信任德国人的飞行技艺了。

飞机到达预设的高度以后,人们照例松了口气,起飞前演示试穿救生服时的紧张气氛消减了。空姐推出了服务车,我要了一小瓶白葡萄酒和一包花生米,随手得到一份菜

"汉莎"菜单的封面

单。黄色的封面上画着多种切开的水果,颇为诱人,我打开来,里面用中英德三种文字书写,其中一页的内容如下:

开胃小菜

熏鲭鱼及豆芽色拉
圆面包、干酪及黄油

中　餐

猎人烧烤酱炒牛肉
加芥兰花、胡萝卜条及马铃薯蓉

鲈鱼排佐香草黄油
配什锦素烩及托斯卡纳米饭

甜　点

咖啡蛋糕

晚　餐

椒盐鸡
配三色圆椒及蛋面

海鲜通心粉
配番茄碎、菠菜及乳酪白酒料

甜　点

梨子馅饼

（备有筷子，请吩咐）
（或许有时不能供应您所选的，请接受我们的歉意）

5　遥想成吉思汗

算起来，这是我第5次飞往欧洲，也是第4次从中国大陆飞往欧洲。依然是穿越戈壁和西伯利亚的航线（据说早些年有走中东航线的，后来因为战事频繁取消了，而在2022年初春，因为俄罗斯与乌克兰之间的战事，情形又颠倒了过来）。戈壁面积130多万平方公里，是仅次于撒哈拉沙漠和阿拉伯沙漠的世界第三大荒漠，主要在蒙古国，也延伸到我国东北，蒙古国境内有4个省名含带着戈壁之意。

有意思的是，当飞机飞过华北平原和内蒙古草原，进入到蒙古国境内以后，皑皑白雪突然消失不见了。原来，除了西北部的湖区盆地以外，蒙古国全境大多属于大陆性气候，冬季寒冷，日照充足，包括戈壁在内的干旱的土地上几乎长年无雪。

几十年前，发生在蒙古国的那次著名的飞机失事事件震惊了全世界，也震撼了年少的我，至今仍留在无数国人的记忆里。我依稀记得那个秋日的黄昏，我所在的台州黄岩王林施村村民们沿着我们的小学校墙根缓慢地走向学校礼堂开会的情景，村支书当众宣读的红头文件告知村民们"敬爱的林副主席"的死讯。

那座仅有一万多居民的小镇温都尔汗，以采煤业为主要收入，就在黑龙江上游的一条支流——克鲁伦河河畔。这场事故的政治意义显而易见，它加快了当时极度封闭的中国与西方亲近的步伐，促成了次年初春美国总统理查德·尼克松的访华。说到尼克松，他的生日与周恩来的忌日仅差一天，他俩在首都机场的握手被认为改变了中国（也被认为改变了世界）。

尼克松出生在洛杉矶东郊小镇约巴林达（Yorba Linda），父亲是当地加油站和百货店的小老板。1994年，

"一代天骄"成吉思汗像

他的葬礼在故乡小镇举行时,我正好在200英里外的一座大学访学,在电视里观看了葬礼全程。很久以后,我才在一幅大洛杉矶地图上发现,约巴林达周边有许多存在已久的含有西班牙语Chino(中国人)的地名:小山、街道、社区、城镇……

如果没有成吉思汗,蒙古国是否存在当然值得怀疑,亚洲的历史想必要重新书写,甚至东西方之间的碰撞和了解也会推迟很多年。12世纪末,蒙古人几乎是在完全默默无闻的状态下,突然闯入了历史,他们占领过的地域之广阔至今无人可以相比。其实,在成吉思汗之前,蒙古人便以骑术和勇猛善战著称,他们突袭中原王朝北部的事件时有发生,只不过那时他们把主要精力放在内卷上。

成吉思汗拥有超群的军事、外交和组织才能,以及冷酷的个性魅力,故而被推举为"普天之下的皇帝",并开始了一次次的远征。虽然蒙古人曾经拥有过的疆域是如此广

成吉思汗的孙子——忽必烈像

阔,却一直是个游牧民族,在成吉思汗病死宁夏六盘山的时候,蒙古帝国的首都哈拉和林还只是一座荒野小镇,大约在今天乌兰巴托西南300公里处。

说起哈拉和林,在意大利旅行家马可·波罗到中国之前,就有两位欧洲人慕名前来。第一位修士柏朗·嘉宾是受教皇的派遣,他从法国里昂出发,万里迢迢来到哈拉和林,正是他首次使用了Cathay(神州)一词,这个词至今仍用于香港最大航空公司国泰航空(Cathy Pacific)的名字。另一位修士鲁布鲁克则是从君士坦丁堡(今伊斯坦布尔)出发,渡过黑海,经南俄罗斯草原和中亚进入蒙古高原,他在哈拉和林逗留了半年多,《鲁布鲁克游记》出现了Mense(蛮子)一词,那是当时的北方人对南宋的蔑称。

我突然想到,假如成吉思汗的孙子——忽必烈(正是他赐予马可·波罗以黄金通行证)当年不曾下令迁都大都

戴高帽的蒙古女孩。作者摄

（北京），中国的史学家们恐怕要对这段历史一筹莫展了，很可能把蒙古人的占领看成是纯粹的外敌入侵。那样的话，元朝就是一个殖民地时代，而明太祖朱元璋也就成了民族英雄。

1368年，忽必烈迁都还不到一个世纪，元顺帝就被逐出北京，返回了哈拉和林。（相比之下，孝文帝从大同迁都洛阳不出30年，北魏便灭亡了。）可是，僧人出身的朱元璋并没有就此罢休，他在采取包括废除宰相在内的一系列巩固独裁政权的措施以后，派兵夷平了哈拉和林（其时他已经做了20年的皇帝），那次战役仅俘虏就达7万多人。

在遭遇了这次毁灭性的打击以后，蒙古人再也没有缓过劲儿来，他们默默地建立起了乌兰巴托，原先那不过是一个游牧部落季节性的停靠站。20世纪中叶，蒙古人在苏联考古学家的帮助下，发现了窝阔台（元太宗）王宫的遗迹。我相信，如果蒙古国对中国游人开放，以上提到的

做客总统府邸,与总统先生合影

几个地点都会成为游客必到之处。遗憾的是,窝阔台的父亲——成吉思汗的葬身之地仍是一个谜。

2006年秋天,我有幸来到乌兰巴托,参加一个世界性的诗人聚会。那次除了朗诵诗歌、与各国诗人交流以外,我们还被时任总统那木巴尔·恩赫巴亚尔接见并宴请。这位文人出身的总统形象与我原先心目中的蒙古汉子颇有出入。他早年求学于莫斯科的高尔基文学院,后来留学英国利兹大学,是英国作家查尔斯·狄更斯的蒙文译者,还曾把蒙古史诗译成英文,在当选总统以前曾担任文化部部长和总理。

那次诗歌节的规格之高,是我参加过的许多诗歌活动无法相比的。(除了格拉纳达诗歌节,尼加拉瓜总统担任组委会名誉主席。)记得开幕式是在国会大厦议员们开会的大厅举办,恩赫巴亚尔总统亲临会场并听完了所有朗诵。当天的宴请安排在郊外的总统夏宫,戴高帽的女服务员个个美艳惊人。总统在露台上与各国诗人谈笑风生,没有其他官员,翻译也只是装饰。他与我们一一握手,且单独合影,并不是那种领袖接见式的集体照。

6 穿越西伯利亚

接下来是西伯利亚的漫漫长夜,唯有几颗孤星在窗外闪烁。银屏上显示的航路对我来说一点也不陌生,尤其是10个月前,我搭乘英国维珍航空公司(已在2020年8月疫情期间宣告破产)的飞机从上海前往伦敦。一位无锡出生的空姐与我聊开了,后来她居然从驾驶舱要来一份飞行员使用的航路图,为我的地图收藏增添了一幅珍品。

在到达莫斯科之前,汉莎和维珍的航线应该大致相同。展开那幅航路图,我在西伯利亚那段找到了贝加尔湖畔的伊尔库茨克。那会儿,中国歌手李健已从清华大学电子工程系毕业,还只是一名网络工程师。十年以后,由李健作词、作曲并演唱的《贝加尔湖畔》出炉,风靡了汉语世界。据说此前,俄罗斯驻华大使邀请李健去贝加尔湖采风,回

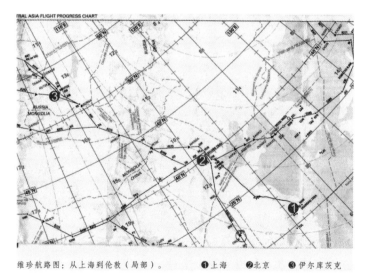

维珍航路图:从上海到伦敦(局部)。 ❶上海 ❷北京 ❸伊尔库茨克

作者收藏的英国维珍航空公司飞行员使用的航路图

来后他花了三个月时间才写成这首歌。

稍后，飞机依次飞越了俄罗斯两条著名河流——勒拿河和叶尼塞河上游，后者的长度接近、流量超过美国的密西西比河，其源流可上溯至注入贝加尔湖的蒙古国境内的伊德尔河，中下游则是西西伯利亚平原和中西伯利亚高原的分界线。这两条河流与其他注入北冰洋的河流一样，上游的通航时长超过下游，沿途最大城市雅库茨克和克拉斯诺亚尔斯克分别约有3万人和10万人。

有几次，我走到客舱中间的连接处，通过圆形的瞭望窗俯瞰大地，间或看见几处零星的灯火，这片"沉睡的土地"（西伯利亚在鞑靼语里的原意）并没有让我产生睡意，倒是令我想起列夫·托尔斯泰古稀之年创作的小说《复活》和由此改编的同名电影，故事里的男主人公聂赫留朵夫因受良心谴责，陪着曾被他诱奸而后堕落并被诬告的姑娘玛丝洛娃去西伯利亚服刑。

聂赫留朵夫确信美好的人性依然潜伏在玛丝洛娃身上，决心唤醒她的灵魂。可是，当他向她求婚时，她却愤怒地斥骂他，发泄心头的满腔仇怨。这类愤怒的爆发是精神重生的征兆，表明她麻木的心灵开始重新感受。在流放西伯利亚的途中，玛丝洛娃认识到自己其实向往更加平等的感情，她的内心渐渐有了对新生活的热切渴望，最后与一位青年男子结为伉俪。至此，玛丝洛娃真正获得了新生，她的灵魂彻底复活了。

托尔斯泰出身贵族家庭，1岁丧母，10岁丧父，由亲戚抚养成人。16岁考入喀山大学东方语言系，因考试不及格，翌年转到法律系，却痴迷于哲学和社交，当时担任校长的是数学家罗巴切夫斯基,他是非欧几何学创建人之一。之后托尔斯泰去高加索、多瑙河和克里米亚当兵,同时开始写作。40岁时他置家庭和文学事业不顾,决定过最简朴的生活。80岁时他认为仍然住在庄园里是对自己理想的背叛,毅然离家出走,最后死在了一个小火车站的候车室里。

我还想起那位在西方定居20年后重返故国的作家、1970年诺贝尔文学奖得主索尔仁尼琴。半个世纪前,身为大尉炮兵连长的索尔仁尼琴因在私人通信中对斯大林有不敬之词被判处8年徒刑和"永久流放"。起初,有赖于在外高加索地区罗斯托夫大学物理数学系就读时所掌握的科学知识,他被留在莫斯科郊外从事窃听装置的研究,可是不久,他便被押往西伯利亚,辗转在今天哈萨克斯坦的几个劳改营。

据说,克格勃发现索尔仁尼琴在实验物理学方面缺乏创造性。这方面他与法国数学家拉普拉斯的命运有别,后者虽然出身贫寒,却靠着数学和天文学上的天赋和成就被

索尔仁尼琴

封贵族，法国大革命后他本来要遭殃，但因为善于计算和描绘炮弹的运行轨迹获得了特赦。1953年年底，索尔仁尼琴因患癌症一度濒临死亡。翌年，他获准转移到乌兹别克共和国首府塔什干的一家医院接受治疗。

斯大林去世后，索尔仁尼琴重获自由，且身体痊愈，在莫斯科东南梁赞市的一所中学担任数学老师。1962年，《新世界》杂志（就是那个拒绝了帕斯捷尔纳克的《日瓦戈医生》的杂志）发表了他的中篇小说《伊凡·杰尼索维斯的一天》。这部关于劳改营的作品可能是《复活》之后讲述流放西伯利亚的最有名的故事，不仅为作者赢得了巨大声誉，也使灾难再次降临在他头上，尤其是在他进一步揭露劳改营制度的《古格拉群岛》在国外出版以后。当然，后者也带给他至高的荣誉。

还有那位设计了国际饭店等旧上海标志性建筑的匈牙利人邬达克，他也与西伯利亚有缘。邬达克出生在奥匈帝国（今斯洛伐克），从布达佩斯工业大学建筑系毕业时恰遇第一次世界大战，入伍后成为奥匈帝国在俄罗斯前线的一名士兵。不久他被俄军俘虏，辗转流放到西伯利亚。幸运的是，邬达克没有像前辈同胞诗人裴多菲那样遭受厄运，而是从战俘营里幸运逃脱，最后搭乘一艘日本货船经白令海峡抵达上海，在一家美国人开的建筑事务所里开始了建筑师的生涯。

7　乌拉尔山脉

每次飞越欧亚大陆，都要穿越乌拉尔山脉，它接近东

欧亚大陆分界纪念碑。JK23JK23 供图

经60度,也是西伯利亚的西部边界。七大洲中,唯有欧亚两洲紧密相连,而连接处正是乌拉尔山。这条山脉长2000多公里,从哈萨克草原一直向北延伸至北冰洋,最高峰纳罗达峰海拔1895米,比黄山的莲花峰高出130米。虽说我已数十次飞越,却不知此生是否有机会亲自攀登,或抵达山脚下的名城叶卡捷琳堡。

在乌拉尔山东侧,有一个面积140多万平方公里的秋明州,名字很抒情,地域很博大,南到哈萨克斯坦边境,北至北冰洋,从东亚飞往欧洲的飞机必然经过。秋明州有座小城叫托博尔斯克,位于额尔齐斯河畔,这条河发源于我国新疆富蕴县。1834年,发现化学元素规律并制定了元素周期表的化学家门捷列夫在托城出生,14岁时独自离开故乡去圣彼得堡上大学。值得一提的是,额尔齐斯河后来汇入俄罗斯第三大河鄂毕河,成为源自中国的唯一注入北冰洋的河流。

我想起完美数问题,那是未解决的最古老的数学问题,也与乌拉尔山有关。所谓完美数是指这样的正整数,它等于自身以外的真因子之和。公元前5世纪,古希腊数学家毕达哥拉斯给出了定义。第1个完美数是6,它有3个真因子1、2和3,而6=1+2+3。第2个完美数是28,因为28=1+2+4+7+14。第3个和第4个完美数分别是496和8128,这些也是古希腊人知道的所有完美数。

《圣经·旧约》第一卷《创世记》提到,上帝用6天创造了世界,第7天是休息日。这正是一星期7天的来历。古希腊人还认为,月亮围绕地球旋转所需的时间是28天。5世纪初,罗马哲学家、神学家圣奥古斯丁在他的名著《上帝之城》中进一步写道:"6这个数本身就是完美的,并不是因为上帝造物用了6天;事实上,因为6这个数是完美数,所以上帝在6天之内就把一切事物都造好了。"

接下来,尚武的罗马人在完美数问题上没有任何进展,而在漫长的中世纪里,欧洲人只找到一个完美数,是个8位数。再后来,16世纪意大利文艺复兴时期的数学家卡塔尔迪找到了2个,分别有10位和12位。18世纪,客居圣彼得堡的瑞士数学家欧拉找到第8个完美数,那是在1772年,65岁的欧拉已经双目失明,他在助手的帮助下,用心算找到了19位的完美数2305843008139952128。

时光又流逝了一个多世纪。1883年,在乌拉尔山以东(隶属亚洲),离叶卡捷琳堡250公里远的一座偏远小镇里,一位56岁的东正教神父普沃茨米(Pervushin)找到了第9

个完美数，共37位。普沃茨米出生于乌拉尔山西侧的彼尔姆州（隶属欧洲），在漫长的乡村神父生涯中，他还曾证明了第12个和第13个费马数是合数。

与普沃茨米同时代的一位俄国作家曾这样描写他的同胞："这是一位最谦逊的不为人知的科学工作者，他的工作室全被各种数学出版物塞满，有切比雪夫的著作、勒让德的著作和黎曼的著作，还有许多现代数学家的著作，这些书籍是由俄罗斯和外国的科学或数学学会寄给他的。看起来我不是在乡村神父的屋里，而是在一位数学老教授的书房里。"

19世纪的俄罗斯已是全世界面积最大的国家，领土横跨欧亚两大洲。普沃茨米虽在亚洲度过一生的大部分时光，却出生在欧洲并在那里接受全部的教育。1852年，普沃茨米从喀山神学院毕业。喀山是鞑靼自治共和国首府，在普沃茨米就读神学院期间，前文提及的俄罗斯历史上最伟大的数学家罗巴切夫斯基也生活在这座城市，尽管那时他已从喀山大学退休。

普沃茨米毕业后，回故乡待了一段时间，然后去了西伯利亚远离叶卡捷琳堡的那座小镇，在那里生活了25年，并创办了一所乡村学校。最后，他死在附近的一个村庄里。神父的职位既为他提供了养家糊口的一份收入，又让他有许多空闲研习数学。说到家庭，基督教牧师是可以结婚的，天主教神父则是不允许的，东正教神父在晋升之后也是不能结婚的，但晋升之前是可以的，而一旦结婚就不能升任主教了。

1893年，即普沃茨米发现第9个完美数的10年以后，

喀山的一座东正教堂

世界博览会在美国名城芝加哥举行,作为博览会一部分的世界数学家大会同步召开,这是如今四年一度的国际数学家大会(ICM)的前身。据说普沃茨米向这次大会提交了自己的一篇论文,却因故没有参加。在那个年代,交通是个大问题,对地处乌拉尔山地区的普沃茨米更是如此。

虽说我还没有机会游历乌拉尔山,但几乎每次飞越都有灵感的冲动。2012年秋天,我前往荷兰乌得勒支大学笛卡尔学院访学,又一次飞越了乌拉尔山。乌得勒支大学是笛卡尔任教过的荷兰大学之一,就在那次飞行途中,我终于写了一首诗《乌拉尔山》。

乌拉尔山

每次飞近这座长长的山脉

气流带来的颠簸便会停歇
莫斯科和圣彼得堡唾手可得
犹似一对昂首笨拙的火鸡

普沃茨米在他的教堂内外
那座远离叶卡捷琳堡的小镇
算计着自然数的因子之和
希求一个完美无憾的人生

黑夜的时钟一直在后头追赶
假如小鱼儿不曾游向南方
我们永远抓不住它的尾鳍
下诺夫哥罗德在侧翼显现

罗巴切夫斯基曾在喀山
倾心营造他的非欧几何学
而我正前往笛卡尔的城市
沿着空中一只苍蝇的轨迹

8 鞑靼共和国

在普沃茨米故乡彼尔姆州西南方,有鞑靼和下诺夫哥罗德两个共和国。在这两个共和国之间,自北向南分别是基洛夫州、马里埃尔共和国和楚瓦什共和国。这其中,仅有200多万人口的楚瓦什族出过一个驰名世界的诗人艾基(1934—2006),2002年春天,我有幸在苏黎世诗歌节上与他同台朗诵并交谈。楚瓦什人认为，森林会说话且有着自己的语言，先人则栖居在森林里。1958年10月18日，一架苏制图104客机从北京飞往莫斯科途中坠毁于楚瓦什共和国的卡纳什，机上80人全部遇难，包括文化部副部长、著名作家、学部委员郑振铎率领的中国文化代表团。

上述6个共和国和州隶属俄罗斯八大联邦管区之一的伏尔加邦区，此邦区属于欧洲最长的河流——伏尔加河中游地区。下诺夫哥罗德共和国的首府与共和国同名，它同时也是邦区的首府，在苏联时期曾改名高尔基。它是作家高尔基的出生地，也是我的一位数学家朋友诺雅的故乡。诺雅目前执教于意大利南方的卡拉布里亚大学，我曾去他的大学访学，同时期待着有机会去他的故乡。

对数学人来说，下诺夫哥罗德和喀山有着特殊的意义，它们是罗巴切夫斯基的故乡。1792年，罗巴切夫斯基出生在下诺夫哥罗德。父亲与普沃茨米一样担任神职工作，不

2002年春天，苏黎世诗歌节全家福。后排右五为艾基，右一为作者

幸英年早逝，母亲把3个儿子送到喀山念中学。那会儿罗巴切夫斯基只有10岁，4年以后他进入喀山大学，学会了多种语言并阅读了大量数学原著。硕士毕业后他留校任教，后来做了教授、系主任。

35岁那年，罗巴切夫斯基被推选为喀山大学校长，并且连任了6届，托尔斯泰进入东方语言系（后来还有列宁进入法律系）时罗巴切夫斯基正担任校长。虽然如此，他最伟大的数学发现——非欧几何学却迟迟没有被同胞认可，这一几何学如今也被称为罗巴切夫斯基几何，是欧几里得几何之后最重要的几何学。可是因为那会儿俄国的科技比较落后，尚没有出现全欧闻名的数学家，无人敢承认这项伟大的发现。

何为罗巴切夫斯基几何？回顾我们中小学学的几何学，即欧几里得几何学里，有一个重要的认知：过平面上已知直线外的任何一点，可以作且只能作一条直线与已知直线平行。这个认知也等价于：三角形的三个内角之和等于180度。可是，罗氏几何却认定：过平面上已知直线外的任何一点，可以作不止一条直线与已知直线平行。或者说：三角形的内角和小于180度。

1823年，罗巴切夫斯基撰写了一本小册子《几何学》，包含了他的新思想，但送交一位科学院院士审读后被否定。3年后，他在系学术报告会上讲述了他的学术成果，仍被同事们认为荒诞不经，没有引起任何注意，甚至手稿也遗失了。又过了3年，已是一校之长的罗巴切夫斯基在俄文版《喀山大学学报》上正式发表了这项成果，他的工作才缓慢地传递到西欧。之后，由于德国数学王子高斯遗留下

加拉和艾吕雅

来的笔记本里也有同样的发现,只能有一种几何学的信念才彻底被动摇了。

欧氏几何的重要意义不仅在于它所包含的实际数学内容,更在于它所使用的表现和发展数学的方法,即公理演绎方法。非欧几何学的重要意义则在于,数学系统不仅是有待发现的自然现象,也可通过无矛盾的公设和公理以及由此导出的一系列定理来创造新的系统。罗氏几何率先提出了弯曲的空间,这导致了更广泛的黎曼几何的诞生,后者又成为爱因斯坦广义相对论的主要数学工具。

有趣的是,19世纪末喀山出生的俄罗斯姑娘海伦娜成了欧洲超现实主义诗人和艺术家的缪斯。少女时代的她因为患肺结核被送到瑞士达沃斯附近的一家疗养院,在那里与同病相怜的法国少年保罗·艾吕雅相遇相恋,后者后来成为法国著名诗人。海伦娜更为人所知的名字是加拉,她与艾吕雅的婚姻时间不长,只因加拉移情别恋,与小她10岁的西班牙超现实主义画家萨尔瓦多·达利再结良缘,并成为达利最主要的模特,直至生命的最后一刻。

也是在鞑靼,在卡马河上游离喀山200公里处有一座小城叫叶拉布加,那儿既是19世纪著名风景画家希施金出

达利圣母画中的加拉

生和长大的地方，也是20世纪杰出的女诗人茨维塔耶娃的谢世地。希施金的绘画表现了故乡森林的美丽和神秘，而茨维塔耶娃出生在莫斯科，父亲是莫斯科大学艺术系教授，母亲是著名钢琴家鲁宾斯坦的学生。巧合的是，茨维塔耶娃是加拉（海伦娜）的童年伙伴。

父母离世以后，茨维塔耶娃的生活变得动荡，尤其在

30 ｜ 五十天环游世界

茨维塔耶娃像

她的丈夫应征入伍并失联以后。当她得知丈夫在捷克,便携女儿出国,他们先后在柏林、巴黎生活,后返回苏联。再后来,女儿被流放,丈夫被处决。1941年夏天,当纳粹德国入侵莫斯科时,茨维塔耶娃带着小儿子躲到叶拉布加。诗人经历了不堪承受的精神和物质危机,在她谋求当地作协食堂一份洗碗工的工作遭拒绝后自缢身亡。

茨维塔耶娃18岁出版诗集《黄昏纪念册》,她的诗多以生命与死亡、爱情与艺术、时代与祖国为主题,有着"不容置疑的天才",被赞为"不朽的、纪念碑式的"。她认定"文学是靠激情、力量、活力和偏爱来推动的"。后来,她转向散文尤其是自传性的散文写作。曾获诺贝尔奖的同胞诗人布罗茨基称她"在人生的中途被一个残酷的时代赶上了","她的作品会显示出一条曲线——不,是一条直线——从近乎直角升起,努力把音高和理念提得更高"。

莫斯科,红场。作者摄

9 潮湿的森林

飞过下诺夫哥罗德州后不到半小时,我们便到达莫斯科附近。6年前,在我首次欧洲之旅的归途,曾经停莫斯科的谢列梅捷沃国际机场。那次我从巴黎起飞,搭乘俄罗斯航空的班机返回上海,在降落莫斯科之前,我从机窗里看到郊外的森林面积远多于耕地。俄航向来以价廉吸引旅客,那会儿它的不安全性尚不为人所知,同机的居然有不少马达加斯加人,他们先从巴黎北上莫斯科,再返回南部

圣彼得堡,冬宫广场。作者摄

非洲的岛国。

莫斯科建城较晚,1147年始见记载,它的名称来源于流经的莫斯科河,后者是奥卡河的支流。关于莫斯科河的语源有多种说法,一是来源于斯拉夫语,意思为潮湿,因为莫斯科河两岸多丘陵,中间为低湿谷地;二是来源于芬兰语,意思是小河的渡口,如此与英国的牛津有相同出处;三是来源于卡巴尔达语,意思是密林。卡巴尔达语属高加索语系,通行于今天俄罗斯的两个共和国和土耳其、中东的一些地区。

虽说当年秋天我便去了俄罗斯远东的符拉迪沃斯托克(海参崴),但我真正有机会游览莫斯科,还要等到20多年后我和家人参加俄罗斯旅游团。那次我们在莫斯科和圣彼得堡各停留了两个夜晚,还有两晚是在莫斯科和圣彼得堡之间的往返火车上。

莫斯科郊外的教堂。作者摄

　　按照地理学的划分，乌拉尔以西均属欧洲版图。但在西欧人的心目中，俄罗斯是亚洲边缘一个游移不定的民族，如同英国哲学家罗素所言：他们直到发现美洲新大陆以后才对俄国人略有所知。从某种意义上讲，西欧发现沙皇帝国与发现阿兹台克人和印加人的帝国几乎是同时的事。可是正当西欧各国与美洲的关系日趋紧密之时，与俄国的关系却并非如此。一方面，俄国19世纪以来的文学、音乐和芭蕾舞使得欧洲的知识界为之陶醉；另一方面，西欧甚至东欧对俄国历来存有怀疑和惧怕。

从这个意义上说，西方应该感谢蒙古人，1240年，成吉思汗的孙子拔都占领了基辅，将俄国人赶到了北方，这才有了莫斯科的崛起，而基辅成了乌克兰人的首都。俄罗斯族本是东斯拉夫人的一个分支，起源于欧洲腹地的森林地带，在较长一段时间里与外部世界隔绝，是一个单一民族的国家。直到16世纪中叶，伊凡四世成为首位"沙皇"时，俄罗斯还只是一个领土仅有200多万平方公里的小帝国。

此后，经过20多代沙皇持续不断的武力扩张，俄罗斯先后兼并了外高加索、中亚、西伯利亚和远东等地区，最后形成了横跨欧亚大陆的庞大帝国。尽管作为俄罗斯历史上最有作为的沙皇，彼得大帝在300多年前就推行了西方式的改革，俄国至今未能成为传统意义上的欧洲强国，彼得留给子孙的是一座仿巴黎的城市和一片广袤贫瘠的土地，后者是由于蒙古人的衰落和信奉基督教的大草原上的民族——哥萨克人的勇敢作战换来的。

我对莫斯科红场和克里姆林宫印象深刻，其中克宫是俄罗斯每个大城市都有的，就像希腊的卫城，通常也是建在老城区的小山坡上。红场上最引人注目的建筑是瓦西里升天教堂，此外还有列宁墓、国家历史博物馆和百货大楼。瓦西里教堂位于红场南端，是东正教堂，由伊凡四世下令修建，俄罗斯建筑师巴尔马和波斯特尼克设计，1561年建成，瓦西里是沙皇信赖的一位修道士的名字。

瓦西里教堂的美观在于9个错落有致的彩色洋葱头状

作者在莫斯科郊外的下午

莫斯科郊外,两个路过的老人。作者摄

的尖顶,走近时我才发现,每个尖顶下面都有一座小教堂,其中一个尖顶高65米,是当年莫斯科的最高建筑。我想起德国慕尼黑的标志性建筑——15世纪的圣母教堂,也是有两个99米高的洋葱头状尖顶,俗称洋葱头大教堂。看来,尖顶越高,离上帝越近。可是,为了世上不再有如此美丽的教堂,沙皇竟残忍地下令弄瞎两位建筑师的眼睛。

修建瓦西里教堂是为了庆祝战胜喀山汗国,后者是蒙古帝国的四大汗国之一。此前,鞑靼人的实力要强于莫斯科公国,此后,俄罗斯人才有机会越过乌拉尔山。有趣的是,瓦西里教堂旁边还有下诺夫哥罗德的两位王子的纪念铜像。1611年,俄国正处于"混乱时期",两位王子组建军队,从下诺夫哥罗德出发,将莫斯科从波兰人手中解救出来，那一天（11月4日）也成为俄罗斯法定假日——民族团结日，而11月7日，原十月革命纪念日已改称和谐和解日。

飞越莫斯科后，下一个擦肩而过的大城市是圣彼得堡。涅瓦河畔的圣彼得堡有着比莫斯科更开阔的气象，虽说纬度高了将近5度，但由于波罗的海的调节，冬天反而更暖和。圣彼得堡与莫斯科的距离约650公里，过去两个世纪以来，俄罗斯的一代代贵族和精英反复乘坐的火车和铁路线未有更新。在小说《安娜·卡列尼娜》中，男主人公沃伦斯基反复穿梭于这两座城市。记得同名电影里，每当车轮转动，月台上都会冒出一团团白色的蒸汽。

到圣彼得堡的游客不会错过世界上最宽阔的大街之一——涅瓦大街。这条街两侧的建筑优雅得体且宏伟，有新教、天主教和东正教的三大教堂，多座贵族的府邸和普希金剧院，也有许多街头画家在路边设摊。虽说长方形的冬宫形似红场，内容却不尽相同，原本那里是叶卡捷琳娜二世的私人艺术收藏馆，初建成于1762年，冬宫依原样重建于1839年。波罗的海边的夏宫更为古老，它是彼得大帝的花园，依照巴洛克风格建成于1714年，我印象最深的是错落有致的喷泉和花园，此外便是潮湿的森林和大海，后者正是"涅瓦"一词在芬兰语里的本义。

Ⅱ
飞越英吉利海峡

桐花半落时
复道正相思
——(唐)白居易

1　滞留法兰克福

离开圣彼得堡以后，飞机进入了波罗的海上空。波罗的海是欧洲北方的"地中海"，基本上是南北向分布，以东经20度为中轴线。飞过瑞典的哥特兰岛不久，便进入德国领空，我开始遥想今晚的目的地——法兰克福。它的全称是"美因河畔的法兰克福"（Frankfurt am Main），以别于德国东部的另一座城市"奥得河畔的法兰克福"（Frankfurt an der Oder）。

美因河畔的法兰克福起初对我来说意味着诗人歌德，他在那里出生并成长到17岁。歌德的外祖父是一市之长，不过那时法兰克福的规模比较小，还只是一座小镇。歌德不仅是诗人，也是自然科学家，他被认为生来具有一种"能够在相互排斥的两极之间自由翱翔的本领"，这样的才能不是一般人可以拥有的。不仅如此，"在这个满面春风、彬彬有礼的人身上隐藏着一种预言家式的深深的忧伤"，正是这两点成就了歌德。

我还记得，19世纪中叶，英国小说家查尔斯·狄更斯在《游美札记》中谈到纽约百老汇大街上的猪时提起："在美因河畔的法兰克福，1481年后在老城养猪是非法的，但在新城和萨克斯豪森（美因河南岸法兰克福一区名），这种习俗仍然不足为奇。"如今，法兰克福已是欧洲最大的航空港，200多个登机口令人望而生畏，要知道新落成的浦东机场才有36个登机口。

下飞机以后，我在法兰克福开始了长达17个小时的等待，这是许多从中国出发经欧洲去往南美洲或非洲的旅客

拥有两百多个登机口的法兰克福机场示意图,绿线表示无人驾驶的轻轨

不得不忍受的煎熬,也是迄今为止我经历过的最长一次中转。法兰克福不像东京成田机场那样为隔夜换机的乘客提供免费的住宿,而且旅馆全在海关外面,由于那会儿我没有申根签证,加上刚刚建成的赌场尚未开始营业,因此注定要在中转大厅的座椅上过夜。

法兰克福机场里的歌德咖啡馆。作者摄

从外表上看,法兰克福机场形同一只恐龙,简单实用但算不上华丽美观,有一列无人驾驶的轻轨高架列车(Skyline)反复穿梭于两个主要候机大厅之间,真正陪伴我的却是两张不断翻新的到达和离港航班时刻牌,那会儿还没有手机可以查阅翻译,我只好对照随身携带的一本地图册,直到搞清楚所有用德文书写的航班目的地才合上眼睛休息。

有一个令人欣慰的插曲,当我用投币电话与居住在奔驰之城斯图加特的德国诗人托比亚斯·布加特取得联系,他立刻回拨给了我。我和布加特相识于哥伦比亚的麦德林诗歌节，后来借助英语和西班牙语把对方的部分作品翻译成汉语和德语，我们相约第二年在苏黎世诗歌节上重聚，那将把我首次带到物价昂贵的瑞士第一大城市。

出乎我的意料，子夜1点以后，法兰克福机场有4个小时无航班起降，而在我的记忆里，旅客吞吐量少许多的印度新德里机场却不得不全天候开放。除了两个国家的工作效率有高低之分以外，当然还与它们的国际地位有关。随着玻璃大厅外面的曙光逐渐明朗，我又开始想象飞越大西洋的旅途。

可是，无论怎么想象，都无法代替现实，毕竟不能眼见为实。与布加特夫妇相聚瑞士的7年以后，我趁在巴黎

掌勺的托比亚斯。
作者摄

参加诗歌节和法文版诗集《我们在世界的海洋上游泳》首发之际，专程去斯图加特看望了他们。又过了两年，我们在法兰克福书展上再度相聚，我也终于亲眼见到了法兰克福，这里请允许我稍加回忆。

2　出版人的奥运会

2010年秋天，我在德国的数学圣地哥廷根访学，正好遇到一年一度的法兰克福书展。刚好那年春天，北京三联书店出版了我的童年回忆录《小回忆》初版，三联书店与我约定，在书展上搞个活动，即做一个讲座。刚好布加特和夫人、阿根廷诗人乔娜作为出版人也参加了书展，我便邀请他们一起出席，最后是乔娜做了我的德文翻译。当晚出版社宴请，让我们享受了一顿丰盛的中国餐。

法兰克福书展是全世界规模最大、影响最广泛的图书博览会，被誉为"出版人的奥运会"。每年10月第一个星期三至第二个星期一在法兰克福举行，为期6天。其宗旨是：允许世界上任何出版社展出任何图书。

书展创办于1949年，离德国战败不过4年时间。虽然德语从来就不是国际通用语言，德国也远不是最大的图书出版国，但德国人具有超强的组织能力，且热情待客，乐此不疲。除了法兰克福，柏林、汉堡、慕尼黑、莱比锡、汉诺威等德国名城也均以举办国际博览会闻名。

依照三联书店的安排，我先乘火车去法兰克福西边黑森林州的州府威斯巴登，与提前抵达的中国出版集团代表团汇合，我们住在一家叫五角形的饭店。我方才得知，头

作者做客法兰克福书展，右为乔娜

一年因为中国是主宾国，政府派出一百多人的作家代表团，今年的主宾国是阿根廷，我是唯一参会的中国作家。

在德语里，巴登的意思是温泉，威斯巴登意为草地上的温泉。从古罗马时代起，威斯巴登便是温泉之城，在18、19世纪尤为闻名，各国王室成员以及歌德、勃拉姆斯、陀思妥耶夫斯基那样的名流都是这里的常客，俄裔美国作家纳博科夫在回忆录《说吧，记忆》里也曾多次提及这座城市。

从彼得大帝推崇法兰西文明开始，俄罗斯贵族就喜欢去欧洲南方的地中海海滨度假并以此为荣。当然，他们也

Ⅱ 飞越英吉利海峡 45

喜欢去巴黎，而德国则是必经之地。纳博科夫家族丝毫不例外，或者说是没有免俗，他在回忆录第五章首节提及，他们家曾在1904年秋天在威斯巴登住了几个月。那会儿纳博科夫才5岁，在威斯巴登牵着大人的手第一次进了教堂。

次日一早，中国出版人都去了书展，我因为活动在下午，得以抽空去看威斯巴登的市容。随后，我搭乘一列火车进城，果然市区高楼林立，据说那会儿全德国有13座超150米的高楼，其中12座在法兰克福。虽说法兰克福只是德国第4大城市，甚至排在科隆后头，却是欧洲仅次于伦敦的金融中心，银行业发达，那些摩天大楼基本上是银行。我快速地买了一双皮鞋和一件便装，价格比中国优惠。

午餐以后，我乘地铁去书展会场。地铁专设一站书展（Mess），由此可见德国人办事的认真和周到。门票不菲，日票36欧元，通票72欧元。不过，可与友人分享。书展期间，持有参展证或入场券的乘客在法兰克福市内或往返机场，可以免费搭乘公共交通。观众纷至沓来，德国各地甚至邻近的其他国家都有。我找到6号展区，那里有包括中国在内的19个国家的展台。我先去阿根廷馆找到布加特夫妇，等他们跟我来到中国馆时，已经有一部分听众落座。

3点整，活动正式开始。三联的张志军博士担任司仪，乔娜和我坐到了电子屏前，展台上摆放着《小回忆》和我的几本外文版的诗集。我先是做了一场题为《漫谈中国诗歌》的演讲，从《诗经》聊到后朦胧诗。接着是诗歌朗诵会，我们用中、德、英、法、西5种语言朗诵了十几首诗歌，吸引了数十位来自各国的读者和出版人，由于演播厅是开放的，路过的听众更多。最后，我朗诵了布加特夫妇

中国厅里的听众席

两首诗的中译文,并以拙译博尔赫斯的诗《南方》作为结束,借此向主宾国阿根廷表达致敬。

任务完成后,我感觉一身轻松,开始逛书展了。展会有8个展区,每个展区4层,每层面积大约有三分之二个足球场那么大。这里大牌出版社云集,参展商日程满满的,组委会专门设了按摩厅,为出版人服务。我参观了法国馆、美国馆、英国馆和阿根廷馆等。我发现,伽利玛、兰登书屋、哈珀柯林斯、剑桥大学、牛津大学和孤独星球等大牌出版社租用的场馆,比我们的一个出版集团要大好几倍。

无论哪个展台,书籍的封面都琳琅满目、色彩纷呈,这其中也包括漫画卡通,可以说书籍的装帧设计越来越体现读图时代的特点。这方面日本馆颇占优势,日本人近年来一方面频频在科学方面获得诺贝尔奖,作家村上春树也屡屡获得文学奖提名,另一方面,他们的卡通制作则堪称强大、完美,在许多外国青年中获得的赞誉甚至超过了传统的汽车业和家电业。

值得一提的是,《小回忆》后来添加了数万字,出版了增订版。如今,它已经被哈佛大学、斯坦福大学、芝加哥大学等十几所美国名校,以及莱顿大学、苏黎世大学等欧洲名校的校图书馆收藏。我不知这些收藏是否与那次我在法兰克福书展上的讲座活动有关,它是已经逝去的一个时代的记忆。

3 月光下的埃菲尔铁塔

上午10点,我终于结束了在法兰克福空港漫长的等候,爬上一架直飞波哥大的空中客车,这是我堪称奢侈的7次拉丁美洲之行的第二次。与上一次我从马德里出发的航班相比,这条横跨大西洋的汉莎航线乘客明显偏少,以至于当年即被取消了。之后,到安第斯山中那座名城的旅客必须在马德里、巴黎或大西洋彼岸的亚特兰大、迈阿密中转。

离开法兰克福以后,飞机首先飞越了以贸易和金融业见长的卢森堡大公国,一年后我又两度造访了那座位于峡谷两侧的首都,它是美国的"二战"英雄——巴顿将军的葬身之地,街上驶过的宝马和奔驰车比例之高,堪称世界之最。接着,飞机径往英吉利海峡,从巴黎和伦敦之间穿行而过。

冬天是回忆的季节,尤其当机舱里只有我一个东方人

巴黎蒙马尔特高地。作者摄

的时候。整个法兰西北部被白雪覆盖着,我首先想到的依然是巴黎,20世纪最后一个夏天,我游历了巴尔干和亚平宁半岛后从罗马飞抵夏尔·戴高乐机场,其时这座闻名遐迩的空港的2E候机厅尚未建成(不久以前发生的那场可怕的坍塌事故埋葬了两位中国公民)。虽说那回不是我初访花都,更不是最后一回,但仍有几次聚会和场景难以忘怀。

20世纪90年代初以来,福建诗人宋琳一直居住在巴黎,他的妻子莉莉是法国人,原先是他任教的上海华东师范大学的留学生,因为他的诗名嫁给了他,这使他有机会来到世界艺术之都——巴黎。巧合的是,我到达巴黎的前一天,宋琳刚从南太平洋的法属殖民地新喀里多尼亚岛归来,他的岳父母多年以前移居那里,他和妻子把儿子送去消夏,一个人溜了回来,这使得我的住宿问题迎刃而解。

除了宋琳以外,这座城市至少还有一位我相知的朋友:巴黎大学建筑学博士候选人、中国早期先锋小说的实践者南方。在他们的共同引荐下,我认识了在巴黎的几个中国

2009年,作者认识了旅法画家兼诗人马德升。作者摄

人:画家兼诗人马德升、电影导演兼小说家戴思杰(那时候他尚未写出轰动一时的《巴尔扎克和小裁缝》)、女高音歌唱家吴竹青(她的皮夹里藏着与雅克·希拉克的合影)。

马德升是个典型的北方汉子,为人热情、脾气耿直,年轻时想必风流倜傥。移居巴黎以后的一个夏天,他携女友在纽约兜风,遭遇严重车祸,女友当场身亡,而他从此坐在了轮椅上。幸亏拿画笔的手无碍,在残疾人备受关爱的法国,他的生存不成问题,定期有计时女工上门做家政服务。

一天晚上,马哥盛邀我们几个到他家里共进晚餐,还有4位活泼可爱的保加利亚姑娘也参加了聚会。其中最漂亮的尼娜也是舞跳得最出色的,这给了我一展舞技的机会和激情。稍后,各位诗人轮流献诗,马哥那首"臭名昭著"的法文版《门》(*La Porte*)则把聚会推向了高潮。

子夜时分,我们与主人依依惜别,乘坐末班公交车前往戴思杰的寓所。车厢里没有别的乘客,借着酒兴,我们忘乎所以地高声谈笑。没想到惹怒了司机,他一路未作停靠,直接把我们送到终点站。我们投诉无门,只好重新搭乘计程车,可是由于都喝高了,或者招手的姿势不够谦恭,竟然被几辆空载的的哥拒绝。最后还是一位黑人兄弟心肠软,把我们送到目的地。

戴思杰出生在成都,毕业于川大历史系,到了巴黎以后才投身电影业。多年以来,他一直是法国唯一可以独立执导故事片的中国人,如今终于出人头地,讲述"文革"故事的《巴尔扎克和小裁缝》仅法文和英文版就热销了上百万册,被他自己拍成电影后更是风靡全球。虽然戴兄用法语写作,但在我的印象里,他的书架上摆满了中文版的《世界文学》和《外国文艺》。那天晚上,我们自是天南海

2008年秋天,作者与巴黎诗友在酒吧

Ⅱ 飞越英吉利海峡   51

北,无所不谈。

吴竹青擅长演唱马斯内、比才和齐内亚的歌曲,当晚则献上一曲圣桑的《我心花怒放》,出自三幕歌剧《参孙与莉拉》。这则源自《圣经》的故事讲的是力大无比的希伯来人参孙的一个秘密,最后他被情妇莉拉所出卖。几年以后,我在一次中东之旅中把这个典故写成了诗歌。那天夜里,无论我们走到哪里,都可以见到埃菲尔铁塔,它在巴黎的月光下格外迷人。

参孙的秘密

他的秘密裸露在外
可是却无人知晓
非利士人难以将其击败
他的右臂魔力无穷

他可以放置露水
在石头和草地上方
也可以驱动云雾
在海洋和天空之间

他最后束手就擒
在情妇莉拉的床上
他的敌人收买了她
从中探出了秘密

在一次床笫之欢以后
他睡得那样香甜、沉实
被迅速地剃光了头发
他的软弱无以复加

2004，贝鲁特

4　探访拉雪兹公墓

　　由于4年前的第一次巴黎之行，我已经大体上完成了观光任务，包括各主要景点和博物馆的造访，因而此番重游显得尤为轻松。一天下午，我在宋琳的陪伴下，去了城东的拉雪兹公墓。拉雪兹本是"太阳王"路易十四的忏悔神父，他深得这位在位72年的国王宠爱，还被赏赐了一片土地。等到了19世纪，这里被改建为公墓，就叫作"拉雪兹神父公墓"。

　　我和宋琳从西南的一个边门进入，首先看到的是一排宽阔的台阶。拾级而上，前方有一位戴着墨镜、手持鲜花的窈窕淑女，时髦的穿着加上优雅的步态，透射出一股神秘的力量，把我们的目光吸引住。我和宋琳不约而同地想起侦探电影里的场景，同时猜测，这位少女会把鲜花献给哪位名流呢？

　　公墓里道路纵横，虽不像布宜诺斯艾利斯的恰克里塔那样有门牌号码和广场，却也排列得整整齐齐。我们首先来到的是布尔盖街上的巴尔扎克墓，半身的塑像前摆放着游客敬献的鲜花，因为波德莱尔葬在蒙巴纳斯，雨果迁葬先贤

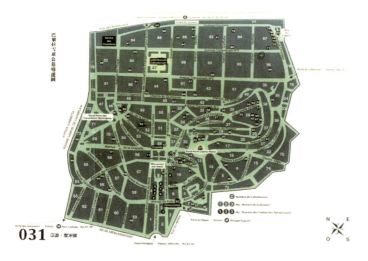

拉雪兹公墓导引图

祠,能在此与巴尔扎克地位抗衡的法国作家唯有莫里哀和普鲁斯特了。说到莫里哀,由于他的喜剧里有冒犯神职人员的台词,下葬时遭到教廷的反对,葬礼被迫在夜间秉烛进行。

这条街的尽头坐落着意大利作曲家罗西尼之墓,他以歌剧《塞维利亚的理发师》和《威廉·退尔》留芳,不过此地空有墓穴,他的灵柩一个世纪前就已经移葬佛罗伦萨的圣克劳斯教堂了。就在一周以前,我才游览了那座文艺复兴时期的艺术之都,亲眼见到他与同胞但丁、米开朗琪罗、马基雅弗利等比肩。罗西尼的小老乡、画家莫迪里阿尼依然躺卧在墓地的东北角,离巴黎公社纪念墙不远,那个角落里还葬着前文曾提及的法国诗人艾吕雅。

长眠拉雪兹的优伶中,以美国舞蹈家伊莎多拉·邓肯和法国演员萨拉·伯恩哈特最引人注目。邓肯在中国几乎成了偶像,她因为自传的出版、传奇性的死亡以及与俄国

拉雪兹公墓里诗人阿波利奈尔之墓。作者摄

诗人叶塞宁的爱情纠葛声名远扬。而萨拉则是现实生活中的茶花女,她是荷兰名妓的私生女,大文豪雨果和爱德华七世的秘密情人,19世纪法国最负国际声望的女演员。萨拉中年开始在世界各地巡回演出,60岁那年在南美登台时不幸撞伤右膝,10年以后被迫截肢。

可是,据我观察,墓前鲜花摆放最多的却是两位英年早逝的未婚男子:波兰作曲家肖邦和爱尔兰诗人王尔德。王尔德是真正意义上的才子,他在伦敦社交界和艺术界以才智和浮华闻名,《笨拙》杂志乐于以他为讽刺和挖苦的对象。作为唯美主义诗歌的代言人,王尔德主张"为艺术而艺术",他到巴黎不久,其优雅的言谈和风度又征服了上流社会。

比起王尔德来,肖邦的艺术显然更容易被大众感知,因而名声更加响亮,并早已远播到了中国。有一年夏天,

作者编辑的诗刊
《阿波利奈尔》

我曾赴华沙,拜访了葬有他心脏的圣十字架教堂,同时到他位于郊外小村热拉佐瓦·沃拉的故居聆听了一场钢琴音乐会。那是一个淫雨霏霏的下午,有一位钢琴家独坐在他的故居里面弹奏,四周围绕着数十位来自世界各地的听众。

自那以后,我又曾许多次来法国,从不同的方向和国度。只不过宋琳和南方已经回国,而马德升留了下来,我们一起共进晚餐时,他没有再朗诵那首《门》。倒是2007年夏天,我路过巴黎时也写了一首诗《门》,为了悼念头一年去世的母亲。

门

世界有两扇门
一扇为你敞开

另一扇已经合拢

我只能站在门外
想象你的面容
你的呼吸和嗓音
是否变得匀称了
你的心灵和梦
是否已获得宁静

如果你睁开双眼
你将会看见绿色
看见我来到巴黎
从前我曾在这里
在一座电话亭里
听到你爽朗的笑声

  2014年3月31日，旅法画家朱德群下葬在拉雪兹公墓，也为我下次造访提供了理由。他是江苏萧县人（如今萧县已划归安徽），毕业于杭州艺术专科学校（今中国美术学院），后来到了巴黎。就在一年前，他的校友、同为法兰西艺术院院士的赵无极去世了，他下葬在蒙巴纳斯公墓。

5 塞纳河畔的酒香

  巴黎的美丽到了夜晚更是无处藏匿。一天晚上，我和宋琳走出他靠近塞纳河的家，在一条僻静的小巷里漫步，忽然见到一个青年双臂搂着两个姑娘,从后面快步走过,我脱口用英文打起招呼来,没想到有个姑娘旋即停下来挽住我们的臂膀,甚至没有相互介绍,我们便依偎着一起走进附近的一家酒吧。

第一次,我在巴黎见到有那么多人在一起跳舞。当乐队奏响一首爵士乐时,我邀请旁边一个孑然一身的女孩,她苗条的身材犹如东方女性。可是,当她和我跳舞时,就像一条随时可能从手心里滑走的泥鳅。稍后我才知道,原来她在等她的心上人,她答应和我跳舞纯粹是出于礼貌。

倘若不是诗人北岛突然来到巴黎,我本有可能见到另一位神秘人物高行健。而在高行健于次年获得诺贝尔文学奖以后,这种机会就更少了,倒不是他有了架子,而是巴黎的中国人疏远了他或他已经回到了中国。我虽没有完整

2002年夏,卢浮宫。作者摄

地读过高行健的一部作品,可是《灵山》那样的题材让我倾心,这部小说表现了这位江西出生的剧作家在中国南方漫游时获得的印象。

离开巴黎前的最后一天,恰逢北岛50周岁生日,他的一位老板朋友设宴祝寿,准备了波尔多葡萄酒。记得那是在拉丁区的一家餐馆,除了马德升和吴竹青,前一次聚餐时的中国人都被邀请参加了。来宾中还有巴黎大学副教授、汉学家尚德兰。和4年前相比,北岛此次巴黎之行更显孤单(上回他还带着爱女和父母),尤其是这样的寿宴,身边竟然没有红颜知己陪伴。

酒过三巡以后,我突然感到一丝悲凉,借故离开了。北岛送到餐馆门外,我送给他一本从雅典带回的挂历作为生日礼物,隐约记得里面的图片类似于古代的春宫图。北岛给了我一张最新的名片,上面写着他在美国的详细联络方式。正是这张小小的卡片,促成了他两年后首次赴南美的旅行。

其中有个鲜为人知的插曲,当麦德林诗歌节主席费尔南多·拉东同意我的提议,邀请北岛参加下一届诗歌节并提供双程机票后不久,从斯德哥尔摩传来了消息,客居巴黎的高行健获得了诺贝尔文学奖。经济拮据的哥伦比亚人知道那意味着什么,遂改变了主意。假如不是我据理力争,要求他们信守诺言,恐怕北岛会无缘首次拉丁美洲之行。麦德林诗歌节作为南美洲最大的诗歌盛会闻名遐迩,与中国诗人的缘分更是持续至今。

关于那个夜晚我的去向曾经是友人们猜测的话题,疑点集中在保加利亚姑娘尼娜身上。而我唯一可以透露的是

在巴黎街头读报
的老人。作者摄

地点,那是塞纳河畔难得僻静的一家酒吧。还有一个公开的秘密是,在我离开巴黎的当天晚上,在另一个朋友做东的一次宴会上,早已恢复自由身的老北岛偶遇到了激情,那是跨越大西洋的一段短暂的佳话。

值得一提的还有,若干年以后,即将退休的尚德兰借中法文化年的东风,来杭州举办摄影展,中国诗歌界的多位精英专程前来捧场,令她高兴得像个小姑娘似的。《南方周末》整版刊登了对她的采访,话题围绕着汉语诗歌。

当然,巴黎是一座富有永恒魅力的城市。进入21世纪以后,我又先后6次来到巴黎,参加诗歌节、诗集首发式、

2018年,作者做客清北浙三校法国校友会

公众讲座,有2次只是路过稍作停留,还有一次是陪同全家游览了一周。可以说,我到过巴黎的各处地方,但每次都有新的发现、新的惊喜。巴黎的风景和方位地图牢牢印在我的脑海里,我的记忆中。

6　作为中转站的伦敦

当飞机穿越法国北部,我的感觉就像是掠过巴黎的颈项,自东向西依次是传统意义上的历史区域——香槟、皮卡迪和诺曼底。诺曼底以"二战"盟军登陆地闻名,而香槟是香槟酒的发源地和唯一产地。作为一种高级的发泡葡萄酒,香槟的口味浓郁清新,据说与当地的土质有关,喷洒香槟如今已成为F1大奖赛颁奖典礼上不可或缺的程序。

皮卡迪的首府亚眠是凡尔纳中年以后定居的地方，他在这里写成《80天环游地球》，书中福格和路路通的旅行也经过此城。

随着逐渐靠近英吉利海峡，当年两个主要的登陆地——小城卡恩和瑟堡——在飞机显示器的航路图上依稀可辨。那次登陆无疑是20世纪最为人称道的海外出兵，加拿大和英国军队负责攻击东海滩，加拿大投入的军力虽不及美国和英国，却因此获得了丰厚的回报，包括使其成为G7组织的成员。

诺曼底登陆的意义不仅在于帮助盟军迅速取得胜利，还在于它对以后半个世纪甚至更长时间的国际关系起了主导作用。每当大西洋两岸的关系出现微妙的变化，美国就会重提"二战"往事，以此来缓解西方阵营的内部矛盾。而作为美国最坚定盟友的英国，此刻正盘踞前方，在我的

伦敦地铁上聊天的女性。作者摄

记忆之光映照下隐隐显现。

21世纪的第一缕春光即将初现之际，我搭乘维珍航空公司的一架航班从上海抵达了伦敦。在欧洲三大名城中，伦敦是我最后探访的处女地。尽管有整整十天的闲暇时光，可是，我早年初访巴黎和罗马的激情不再，至少做笔记的好习惯丢失了，现在只能凭借模糊的记忆来回忆。好在手绘旅行地图帮助了我，时间和地点准确无误。

当初我接到哥伦比亚安第基奥大学的邀请，准备去梦寐以求的南美大陆时，我首先面临的是中转站的选择。由于中国到南美的距离非常遥远，直航需要15个小时以上的飞行时间，而现有的民航客机无法提供如此长时间的服务。即便将来可以实现，恐怕也容易引发乘客的身体不适甚或某种疾病。

选择伦敦的主要原因是，我那时已经造访了北美的所有名城，而欧洲大陆与波哥大通航的城市全是在申根国家（如西班牙的马德里、德国的法兰克福、荷兰的阿姆斯特丹），即使我未曾游览以后也有的是机会（那时我绝对没想到，后来造访伦敦的机会更多）。还有一件事出乎我的意料，英国签证是如此顺利，无须任何邀请，当天就取到了。

接下来我遇到的一个问题是，英国没有一家航空公司同时飞上海和波哥大，这无疑增加了旅行费用。不得已，我购买了维珍航空的单程机票，横跨大西洋的航班就等到了英国以后再选择。与此同时，我也在寻找伦敦的落脚点，以往我经常投宿青年旅店，可这次带着两个行李箱，需要一个更便于寄存的地方。

我因此与伦敦大学的赵毅衡博士互通了电子邮件，赵博士早年写诗,后来成为著名的英美文学研究专家和文化批评家,十几年前我就是他翻译的两卷本《美国现代诗选》的读者。我和赵博士素昧平生,没想到他不仅一口答应让我寄存行李,还热情地邀请我住到他府上。这样一来,我就在热切而温馨的期待中,首次飞越了英吉利海峡,抵达伦敦西郊的希思罗国际机场。

7 艾略特的《猫》

走过希思罗长长的甬道,乘坐皮卡迪利(Piccadilly)线,45分钟就到了市中心,再换乘两次地铁向南,穿过泰晤士河下面的隧道,又用了大约1小时的时间,我终于找到离温布尔顿不远的鲁尼米德街131号。那便是赵博士那时的家,一幢带小花园的两层排屋,其时他那位大名鼎鼎的小说家夫人虹影刚好去瑞典参加笔会了,只留下她的姐姐帮助料理家务。

赵博士谈吐的锋芒一点不减当年,我的意思是,与他的年龄相比,他使用语言的频率快极了,观点直截了当且有说服力,这从他后来发表在《书城》和《万象》杂志上的一系列文章也可以看出。由于赵博士教务繁忙,接下来的10天时间里,从成都移居伦敦的诗人胡冬就成了我的主要玩伴。巧合的是,胡家和赵家相距不远,这在偌大的伦敦殊为难得。

胡冬的情况与巴黎的宋琳大致相同,他毕业于四川大学,因为娶了一位英国留学生迁居海外,他的妻子凯利是一名快乐自在的中学教师。作为一名早慧的诗人,胡冬的

诗人胡冬在伦敦的家门。作者摄

成名作《乘一艘慢船去巴黎》表达了他对法兰西的向往，而他后来却径自来到了伦敦，那是在1991年，至今仍没有回过一次中国。而从我后来与赵野的交谈和杨黎、李亚伟的文字中来看，当年的胡冬有着非凡风采。

从第二天开始，我白天游览市容，黄昏与胡冬小聚，入夜再回到赵家。伦敦的名胜之多不亚于巴黎和罗马——泰晤士河畔的伦敦桥、伦敦塔、议会大厦、大本钟和威斯敏斯特教堂，以及因电影《魂断蓝桥》出名的滑铁卢大桥，还有相对开阔的公众聚集地：海德公园、特拉法斯特广场、莱斯特广场和考文垂花园等等。

莱斯特广场和考文垂花园紧挨着，是可以反复光顾的地方，那里有一种自由散漫的气氛，会让人觉得轻松自在，

2019年深秋，与胡冬、梅尔在伦敦

还有唐人街的中国美食。我几乎每次来伦敦，都要来这里报到。其他游客的必到之地有大英博物馆、泰特美术馆、伦敦蜡像馆、白金汉宫、唐宁街10号、肯辛顿花园、圣保罗大教堂等等。

虽然我走访过伦敦新区，那里高楼林立，是全世界仅次于纽约华尔街的金融中心，但仍对大街小巷里无处不在的公用电话亭感到好奇。那种红色木质的电话亭小巧可人，有趣的是，里面贴满了妓女的广告，每一张都制作得和明信片一样精美。而在莱斯特广场看杂耍的人群中，我巧遇前国足范志毅和他的新娘，范和孙继海当时都在水晶宫队效力。

在伦敦期间，我在两处地方耗费的时间相对长。一次是去北郊的海格特公墓拜谒卡尔·马克思墓，几乎见不到游人，最后是在一位前波兰共产党员的指点下才找到。另一次是周末郊游,胡冬开着他的特拉姆斯,载着凯利、我和小燕(他在川大念书时的小妹),向南来到一处我们在电影里经常见到的草地和森林的边缘,聆听了旷野里英国乌鸦的几声鸣叫。

小燕家住德国汉堡,她和从前留学中国的德国丈夫一共生育了3个儿女,眼下又有身孕,这一次来伦敦游玩是作为孕期的一次放松。有一次,在胡冬的建议下,我和小燕去考文垂花园看了韦伯的音乐剧《猫》,这出戏取材于诗人T. S. 艾略特为儿童所写的一首长诗。结尾处老猫唱的那首《回忆》尤为动人,故事讲述了一个叫格里泽贝拉的雌猫,她离开杰里科猫族到外面闯荡,历尽艰险,最后回忆起在家族中的幸福生活,渴望回归家族,唱起了这首动人的歌。

自从1981年公演以来,《猫》就出人意料的火爆,可

一位前波兰共产党员在卡尔·马克思墓前。作者摄

惜在我看过两年以后，即在伦敦上演21周年之际落幕，共演了9000场。音乐剧《猫》在北美和欧陆同样红火，后来这一热浪甚至传到了北京。从某种意义上讲，英国人通过这出热闹的音乐剧来记住诗人艾略特。韦伯的另一首歌《阿根廷，别为我哭泣》更为成功，经美国歌后麦当娜演唱后传遍了世界，不仅帮助阿根廷前总统夫人艾薇塔·贝隆扬名世界，也促进了阿根廷的旅游业。

值得一提的是，虽说英国人在古典音乐领域的成就不及德国人、奥地利人、法国人和意大利人，却长于流行音乐、音乐剧和戏剧，每逢周末，伦敦有上百个剧院同时有剧目演出。1948年出生于伦敦的韦伯是音乐剧大师，《猫》最初的主演是21岁的莎拉·布莱曼，她后来与韦伯有一段维持了6年的婚姻。2008年，布莱曼与刘欢合唱了北京奥运会的主题曲《我和你》。《猫》在纽约百老汇上演时，其主演和主唱有美国著名歌星芭芭拉·史翠珊。

那以后，我又来过伦敦许多次，尤以2008年剑桥访学期间次数较多。其中有一回与3位剑桥诗友驱车前来，参加为送别一位在伦敦生活多年身患白血病的加拿大女诗人举办的诗歌朗诵会，地点是在韦斯顿街的皮市酒吧。记得那次主持人把朗诵者的名字写在纸条上，放入封闭的盒子，由他从里面随机取出纸条来决定朗诵顺序，可谓别出心裁。

8　剑桥和布莱顿

"如果你厌倦了伦敦，那么你一定厌倦了生活。"一个多世纪前，体弱多病的英国作家、辞典编撰者萨缪尔·约翰逊这样描绘伦敦。可是,我在伦敦才玩了几天,便寻机离开了。一天上午,我在滑铁卢车站乘上一列普通快车,独自向北去了闻名于世的大学城——剑桥。

2小时后,我走出剑桥车站,沿着城内一条主要街道东行。这座历史悠久的大学培育出了众多杰出的人才,包括牛顿和达尔文,拜伦和华兹华斯,哈代和罗素,以及20世纪英国最出色的数学家之一、31岁即获得菲尔茨奖的阿兰·贝克。说起来我与他还有过交集,10多年以前,贝克教授曾到访我任教的大学,我是他在杭州期间的全程陪同。

记得有一天,我们从九溪山上下来,路见一位农妇摔断了腿,随即取消了去凤凰山的游览计划,驱车把她送到浙二医院。那时媒体极少报道外国科学家来访的消息,贝克教授的名字因为这次助人为乐事件首次出现在中国的报纸(《钱江晚报》)上,这成为他中国之行最有纪念意义的事件之一。

贝克教授后来和我互寄过几张贺年卡,并邀请我到访英伦时去剑桥做客。可是,当我敲响他那位于三一学院内的寓所大门时,无人应答,门卫说他刚刚离开。直到8年以后,我到剑桥访学3个月,才细细地品味起这座大学城。这次终于有机会与贝克教授重聚,他带我到三一学院共进晚餐,并观看了草莓节的游行和毕业船歌。那次我瞻仰了牛顿的塑像,不经意间又见到另一尊露天坐像,那是18世纪的剑桥毕业生威廉·皮特。

皮特24岁就做了英国首相(这个纪录永远不会有人破了),先后长达20年,直到在任上去世。有意思的是,少年得志的皮特也与牛顿爵士和贝克教授一样终生未婚。在

剑桥大学三一学院草坪。作者摄

这份独身者的名单中，至少还要加上牛顿和贝克在三一学院的另外两位同事：哈代和李特尔伍德。直到我有幸重返剑桥，才终于明白独身是伊丽莎白一世女王对三一学院院士的要求。

初访剑桥留给我印象最深的地方并非那条流经校园的卡姆河（河边停泊的那些小舢板让我想起剑桥和牛津之间一年一度的划船比赛，或者河上的一座"数学桥"（相传由牛顿设计），而是那些修剪得方方正正、美观大方的草坪，绝不亚于任何一支英超球队的主场。我在王后学院的食堂里用了午餐，里面环境之整洁、优雅，可以与我所见过的任何一家星级饭店媲美。

至于三一学院，它的礼拜堂里有许多过往名人的雕像，牛顿像个老师站在前台中央,年长的弗兰西斯·培根像个淘气的学生在打盹。而给我留下更深印象的,是它的两条广告语,第一条是:从剑桥走到牛津,可以一直在三一学院的地盘里;第二条是:三一学院培养了牛顿、麦克斯韦、拜伦、丁尼生、尼赫鲁、伍尔夫、纳博科夫,以及30多位诺贝尔奖得主。后者因人数太多,名字全省略了。

回到伦敦没几天,我又南下去了英吉利海峡边上的布莱顿,对岸正是法国的诺曼底。我对位于海滨的娱乐城和海水浴场印象深刻,据说正是英国在18世纪率先兴起了海水浴,之后才有了海水浴场,才使得布莱顿从一个小渔村变成了城市。最近,我看到一则报道,市政府有意把布莱顿建设成为欧洲的拉斯维加斯。可是,那会儿毕竟是我第一次站在世界上最负盛名的海峡边,城市和它的发展趋势并未引起我的特别关注。

最年轻的首相皮特塑像。作者摄

|| 飞越英吉利海峡 | 71

当然，我选择布莱顿的原因还在于，20世纪英语世界最受尊敬的作家之一格雷厄姆·格林有一部小说叫《布莱顿硬糖》。故事的主角是这座海滨城市里一个17岁的黑帮头目，他用一颗硬糖致人死命。格林的作品主要探讨在当代不同政治环境下，人类道德观念的含糊。从36岁那年开始，格林作为一名自由撰稿的新闻记者，开始了长达30年的旅行，同时为其小说寻找故事灵感和背景。

综观格林一生的写作，他的主要兴趣集中在"事物的危险的边缘"，这是布朗宁的一句诗，格林将其视为"对我全部作品的概括"。事实上，格林关心的总是间谍、刺客这类人物，他本人"二战"期间曾在西非做谍报工作，即使在其他地方，他的真实身份也极有可能是英国间谍。

9 "耆英号"的远航

对我来说，伦敦还是凡尔纳小说《80天环游地球》两位主角福格和路路通出发远行的起点和终点，遗憾的是，我一直没有发现有任何纪念地，这自然与凡尔纳是法国人有关。同样遗憾的是，我在伦敦也没有找到19世纪中叶中国帆船"耆英号"的痕迹。虽然如此，这艘船的故事仍值得一说。

"耆英号"是用柚木制造的，长约50米，宽10米，共有3桅，主桅高27米，头桅和尾桅分别高23米和15米，主帆重9吨，排水量800吨，得名于派驻广州的钦差大臣爱新觉罗·耆英。耆英因为代表满清政府与英国签订了第一个不平等条约——《南京条约》，将香港岛割让给英国，而在

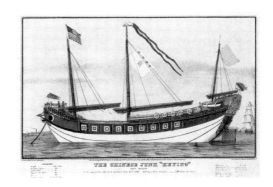

"耆英号"帆船

中国近代史上臭名昭著,最后被咸丰皇帝赐死。可是,"耆英号"帆船却声名远扬。

"耆英号"原本为往来于广州与南洋之间载运茶叶的商船,1846年被一位英国商人秘密买走。当年12月6日,"耆英号"从香港维多利亚港启程,开始了不归的远航。船上共有30位中国人和12位英国水手,船长是英国人查尔斯·凯勒特,船上还有一位自称是四品官员的中国人希生兼任翻译。

一般认为,英国人之所以出高价购买"耆英号",是因为他们想考察、研究中国木帆船的结构和性能,进一步弄清中国水师的新式兵船,以及当时正在向工业化迈进的中国的航海和造船能力。于是,在郑和下西洋440年以后,"耆英号"在礼炮声中徐徐驶离。前来送行的有香港总督、海军司令、驻港英军总司令和一大批香港知名人士,他们都曾登上"耆英号"甲板。

翌年3月14日,"耆英号"绕行好望角时遭遇并承受住了猛烈的飓风,证明了自己是一艘出类拔萃的海船。事实上,它经受暴风雨考验的能力丝毫不亚于那些在英国制造的海船。4月17日,"耆英号"到达拿破仑被囚禁并死去的圣赫勒拿岛。离开圣赫勒拿岛之后,它原计划是直抵伦敦,但由于遇上了逆风和海流,偏离了航线,朝着美洲方向驶去。

在克服了食品和饮水短缺,以及船员的心理波动和骚乱之后,"耆英号"抵达了纽约港。在纽约停泊期间,每天有七八千人上船参观。此后,"耆英号"又访问了波士顿。1848年2月17日,"耆英号"从波士顿出发前往伦敦,于3月15日抵达了位于英吉利海峡的泽西岛,仅用了27天的时间,这比美国定期邮轮跨越大西洋的时间要短。

"耆英号"抵达伦敦后,维多利亚女王以及各方人士,都曾上船参观这第一艘到达欧美的中国木帆船。遗憾的是,"耆英号"不久就被拆解研究,其中的木料被制作成两艘泰晤士河上的渡轮和一些纪念品。虽然我辈无缘相见,但"耆英号"远航的影响力巨大,我推测也一定触动过法国人凡尔纳,那会儿他才十八九岁,正在远洋轮船船长的寡妇创办的学堂里求学。

离开伦敦的前一天早上,我在赵家客厅里见到了虹影。她略施淡妆,比起读者经常见到的青春靓丽的照片来,显得更为质朴。虹影头天晚上刚从斯德哥尔摩回来,令我感动的是,她竟然连夜看完了我送给他们的新书《北方,南方:与伊丽莎白·毕晓普同行》,并从小说家的角度出发,和我探讨了虚构的可行性,我从中感受到她那清晰的思维和编故事的才能。

如若不是因为旅途的劳顿,贪玩的虹影肯定会跟我们去泡吧的。多年以后,虹影来杭州萧山图书馆举办新书分享会,邀请我当嘉宾,此乃后话。在伦敦的最后一个夜晚,赵博士本打算为我饯行,我却有约在先,约好与朦胧诗人杨炼在一家酒吧里相见。记得那是一个相当热闹的街区,托尼·布莱尔的宅第附近,那晚的顾客奇多,每个人只有立足之地。

瑞士出生的杨炼从小在北京长大,20世纪90年代定居伦敦,后来我才从他的来信中得知,他对南美与我有着同样的向往。他留着一头披散的长发,笑容可掬,同来的还有一位学者朋友。杨炼的夫人友友则剪着短发,生性活跃,情绪始终被音乐控制着。遗憾的是,我尚未读过她写的小说。酒吧里声音嘈杂,没聊几句,我和友友便开始旁若无人地跳舞,周围全是手握酒瓶的英国人。

这是我在伦敦唯一的一次跳舞,与上一回的巴黎之行相隔了7个多月,也就是说相隔了一个秋天。当我偶尔回眸,一幅风俗画映入我的眼帘:杨炼和那位学者说着话,胡冬身着唐装,一言不发,凯利和小燕倚墙坐在他的两侧。

10 阿瑟·韦利

那次我去看过马克思墓后不久,便发现汉学家阿瑟·韦利也葬在海格特。韦利出生于肯特郡,父亲是经济学家。1907年,他考入剑桥大学国王学院,攻读古典文学。毕业后他在大英博物馆做东方出版物和手稿的助理管理员,其间自学了中文和日文。为保留家族的犹太血统,也为了避开反德分子的狂热,他放弃了德国姓氏施洛斯

(Schloss),而改用祖母的中间名韦利作为自己的姓氏。

1929年,韦利辞去博物馆的工作,专心于文学研究和翻译。1918年他遇到了舞蹈演员、舞蹈批评家、作家贝丽尔·德·佐伊特,他们一直生活在一起,直到1962年贝丽尔逝世两人也没有成婚。当年他又遇到了爱丽舍·罗宾森,他们于1966年5月结婚,一个月以后(6月27日),韦利去世。之后,爱丽舍成为公众人物,活到了100岁。

1918年,韦利出版了《中国古诗170首》。虽然此前3年,美国大诗人庞德已把他倡导的意象主义运用到中国诗的翻译中去,或者说他的写作受到了中国古诗的影响,例如著名的《地铁车站》:"人群中涌现的那些脸庞/潮湿幽暗树枝上的花瓣。"我们仍可以这么说,是韦利把中华文化引入了英语诗歌。后来,他又翻译了11世纪日本女作家紫式部的小说《源氏物语》,又把日本文化带给了英国散文。

可以说,韦利和庞德联手让陶渊明和几位唐代诗人进入世界伟大诗人的行列。韦利尤其喜欢白居易的诗歌,正如英国批评家希里尔·康诺利指出的:"在豪放贪杯的李白通过许多版本的译文飘然而至时,我们或许可以说,那位更引人沉思的白居易的到来只是韦利个人创作劳动的成果。"多年以后,蒙美国爱荷华大学的数学同行叶扬波教授美意,把韦利的这本译诗集初版赠予我,果然里面白诗占了一大半。

桐花半落时,
复道正相思。

这句诗出自《初与元九别后忽梦见之。及寤而书适至，兼寄》，白居易的这首标题长长的诗写的是他与诗人元稹的友情，韦利将诗的题目译成 *A Letter*（《信》），并加了按语，而那句诗的译文是：

> Paulovnia flowers just on the point of falling
> Are a symbol to express "thinking of an absent friend"

白居易和元稹均为中唐诗人，他们重写实，努力做到雅俗共赏，形成了"元白诗派"，与崇尚奇警的"韩（愈）孟（郊）诗派"适成对照。遗憾的是，韦利只译了元稹的一首诗，不过，他还翻译了元稹的传奇小说《莺莺传》。

2019年暮秋，我应邀去南美洲的委内瑞拉参加图书博览会，归途从戴高乐机场转机到希思罗机场，刚好英国签证依然有效，遂接受了伦敦政治经济学院和曼彻斯特大学的邀请，又一次造访英伦。在仅有的两天时间里，我再次造访了海格特公墓，目的只有一个，探访汉学家、翻译家阿瑟·韦利之墓。

抵达公墓后我发现，葬在东区的马克思墓如今要单独收门票了，而韦利下葬的西区并不对游人开放，且只有守墓人鲍勃知道韦利墓的位置。我找到了鲍勃，真诚地表达了远道而来的愿望，他最后被我打动，做了向导。原来，韦利下葬处没有墓和墓碑，只有一棵小树，下面是他的遗骸。在鲍勃的指引下，我看到小路对面的狄更斯之墓。不过我们的大作家已迁葬威斯敏斯特教堂，只留下夫人和孩子们在公墓里。

韦利下葬地,就在近景小树下面。作者摄

临别之际,鲍勃告诉我,韦利晚年住在海格特镇,那也是我乘坐地铁的下客站,于是我在回去的路上探访了韦利故居。那是在镇上仅有的两条大街之一,门牌号码为50号。我看到一个圆形的蓝色牌匾,上面写着韦利的生卒年,身份是诗人、翻译家、东方学者。这是一幢两层楼房,韦利在此度过了晚年,直到去世。

我绕到庭院一侧,通过木栅栏,看到年轻的主人正在约会。当他看见我,便走了出来,我说明来意,他邀请我

韦利故居，他在这里去世

进去。显然他已见过不少东方访客，院子里有几棵树，一张小桌子上放着几个红红的橘子，让我想起屈原的《橘颂》，而《离骚》恰好是《中国古诗170首》的开篇。在那个瞬间，我仿佛又经历了一次时空的穿越。

除了翻译，韦利还对中国文学研究颇有心得。1939年，伦敦普特南父子公司出版古典小说《金瓶梅》节译本时，韦利应邀写了序言。他认为这本小说是北宋奸臣严嵩、严世蕃父子与王忬、王世贞父子两代之间仇怨的结果，严嵩因为垂涎于王忬收藏的名画《清明上河图》，将其置于死地。最后文学家王世贞写成小说《金瓶梅》影射严世蕃，后者号东楼，小名庆儿。传说他在每页涂上毒药，派人送进严府，果然严世蕃上当，他逐页翻阅，中毒身亡。

每次离开伦敦都会有一种惆怅，从希斯罗机场起飞以后，首先经过的都是英吉利海峡，包括那次去南美洲的旅行，因为搭乘的是伊比利亚航空公司的班机，我们先飞往马德里，再飞越大西洋。至于从法兰克福机场起飞的那次，虽说我们要经过英吉利海峡，却不会飞越英伦本土。记得我们是在下诺曼底大区，确切地说是在诺曼底和布列塔尼之间的某处地方离开了欧洲大陆。

Ⅲ
从欧洲到美洲

如今你被困在身体的牢笼里
还记得自己,曾经是自由的风
——(西班牙)路易斯·塞尔努达

1　飞越北大西洋

首先我需要说明一下，2016年1月1日，法国行政区划重新调整，下诺曼底大区并入了诺曼底大区。这是我第三次飞越大西洋，对于北美或欧洲人来说，这原本是一件平常的事情。他们不仅不需要签证，往返票价也只有区区两三百美元，大约相当于从上海飞往乌鲁木齐的单程机票。

可是，对中国人来说，这种机会十分难得。通常我们的洲际旅行是飞越北冰洋、太平洋去美洲，飞越欧亚大陆去欧洲，或者飞越南海、赤道线和印度尼西亚去大洋洲，而飞越印度洋去撒哈拉沙漠以南非洲的航班即便有也时断时续。正因为如此，我记住了一个原本陌生的名字——圣马洛湾。

圣马洛湾是法国大西洋海岸面积仅次于比斯开湾的海湾，后者的另一侧是西班牙，这两个海湾都接近于喇叭形。飞机几乎是从那个扇形的顶点进入海上，在那一瞬间有许多乘客扭头去看窗外，那里有一座举世闻名的圣米歇尔教堂，拥有1300多年的历史，属于联合国教科文组织认定的世界文化遗产，其雄姿堪与拉萨的布达拉宫媲美。

布达拉宫虽然也始建于7世纪，为吐蕃王朝松赞干布迎娶文成公主而建，但变成现在这个样子则是在17世纪中叶，后来成为历代达赖喇嘛的冬宫。不同之处还有，圣米歇尔教堂所在的同名小山周围是一片流沙，每逢涨潮，海水会从15公里以外的海上奔涌而至，瞬息之间使它成为一座孤岛，因此素有"世界第八奇迹"之誉。

对天主教徒来说，圣米歇尔山与耶路撒冷、梵蒂冈并

圣米歇尔山

列为三大圣地。西方甚至有一个说法,"没到过圣米歇尔山就不算到过法国"。遗憾的是,虽然我多次前往法国,却一直没有机会去圣米歇尔山朝拜。而对法国文学的读者来说,圣马洛湾还有两处更容易让人感到亲近的地方,那就是泽西岛和格恩济岛。

泽西岛隶属于英国,它也是英国离欧洲大陆最近的地方。这两座小岛是大文豪维克多·雨果晚年放逐之地,他因为反对拿破仑三世称帝而遭流放,在岛上度过了将近20年的时光。正是在此期间,雨果完成了一生大部分重要的诗篇,他的小说代表作《悲惨世界》也是这期间在布鲁塞尔出版的。

值得一提的是,雨果中学就读于巴黎的路易学校,是天才数学家伽罗瓦的学兄。这所皇家学校有着监狱一般冷酷的建筑和军队一样严酷的纪律，甚至在进餐时也必须保持缄默，早餐只供应面包和水。尤其不可思议的是作息时间表，上课开始于下午5点半，结束于第二天早上8点半，每两人共用一支蜡烛。学生只有极少的娱乐时间，如若对管理有丝毫的反抗，包括吃饭时停止进食，都会被关进单人房间禁闭。

如此一来，就怪不得雨果后来会写出那些惊世骇俗的小说，除了《悲惨世界》，还有《巴黎圣母院》。雨果成名后，这两座岛屿也成了驰名欧洲的旅游胜地，这让我想起雨果的两位同胞，他们也各自与两座岛屿有关联，即不可一世的拿破仑·波拿巴和现代主义艺术的先驱波德莱尔。波拿巴将军出生在地中海的科西嘉岛，最后在流放中死于南大西洋的圣赫勒拿岛。

说到法国诗人波德莱尔，他因为父亲早逝，母亲改嫁，继父管教甚严，青年时代极富叛逆精神。继父托一位船长友人将他送往印度，途中经过印度洋的毛里求斯和留尼汪。波德莱尔在那两座小岛徘徊时，下决心要成为诗人，并掉头返回了巴黎，因此才有了后来使他名扬世界的《恶之花》和《巴黎的忧郁》。巧合的是，我第一次游历巴黎时，住的青年旅店恰好位于波德莱尔街。

接下来，我们要飞越浩瀚无际的大西洋，飞机更明显地偏向了南方，直到一个半小时以后，我们才见到一片陆地，那正是离欧陆最遥远的亚速尔群岛（隶属葡萄牙），其地理位置甚至比冰岛还要偏西。据说，哥伦布首航美洲，在归途曾遇到四天四夜的风暴，几乎遭受了灭顶之灾，当他的船队抵达亚速尔群岛时，才终于相信自己大功告成了。

如果飞机继续向西,就会进入百慕大三角,那个传说中吞噬船只和飞行器的海域。幸好飞机进一步偏向了南方,经过4个多小时昏昏沉沉的飞行,我们来到了"加勒比海的防洪堤"(这个雅号是笔者起的)——小安的列斯群岛。

在用任何一种语言绘制的世界地图上,这个区域的文字总是写得密密麻麻的,不仅因为岛屿和国家众多,也因为这些岛屿的殖民地主子也各式各样:英国、法国、荷兰、美国。有意思的是,尽管几乎整个拉丁美洲都说西班牙语或葡萄牙语,小安的列斯群岛却不通用这两种语言,这可能是伊比利亚人害怕孤独,不太愿意定居小岛的缘故。

2 马提尼克岛

令我暗自惊喜的是,飞机最后是从马提尼克岛上空掠过,进入到加勒比海。这有点像赌场里的轮盘赌,不到最后时刻,赌客难以预测小球的落点。马提尼克位于小安的列斯群岛中央,它被夹在多米尼克和圣卢西亚之间,再向外分别是同样小巧的瓜德罗普、巴巴多斯、安提瓜、安提瓜和巴布达、格林纳达、圣文森特和格林纳丁斯。

马提尼克是我旅途中飞经的最后一座驰名的岛屿,作为法国四个海外省中最小的一个(另外三个是瓜德罗普、法属圭亚那和留尼汪),马提尼克的面积几乎和香港一般大。凡尔纳曾在他的另一部小说《旅行基金》里谈到马提尼克,称它是当时世界上人口最稠密的地方之一,19世纪就达到每平方公里178人。

这部小说的故事发生在英国的安的列斯中学,一位来

马提尼克岛的海滨码头

自加勒比海巴巴多斯岛的贵妇摩西夫人,为会考优胜者设立了一项旅行基金,资助9名优胜者和1名教师到安的列斯群岛做一次长途旅行。马提尼克岛是其中一站,其他停靠站有安提瓜、瓜德罗普、多米尼加、圣卢西亚、巴巴多斯和圣马丁等。幸运者们乘坐"机灵号"出发,而等待他们的是海上冒险和死亡考验。

有意思的是,凡尔纳本人并未到过马提尼克,却把这座岛屿描绘得栩栩如生。岛上多火山,自然风光优美,1498年哥伦布抵达时,赞它是"最美丽的国家"。可是,美丽总伴随着危险,岛上海拔1397米的培雷山是座活火山,1902年喷发时,造成3万多人丧生,彻底摧毁了当地最大城市圣皮埃尔,只有3个人存活下来。

《旅行基金》出版于1903年,即马提尼克火山喷发的第二年,那时距离凡尔纳的生命终点也只有两年时光了。

马提尼克民间舞蹈

他在书中借一位历史学家之口描绘已不复存在的圣皮埃尔："这是一座令任何一个外来人都不能忘却的城市。这里人们的生活方式是那样的令人惬意,气温是那样的舒适,在这块自由的土地上人们生活得那样公正、平等、诚实,以至任何一个男人或是女人在离开它时,无不怀有重游故地的强烈愿望。"

其实早在1887年,凡尔纳的小说尚未发表,比他年轻20岁的同胞画家保罗·高更就已经抵达了马提尼克,那年高更39岁。他在岛上领受了原始风光的妩媚,发现了热带动人无比的色彩和光。与此同时,他也感染上一种痢疾,久治未愈,正是这种疾病导致他后来在南太平洋的马尔克斯群岛英年早逝。

这里我想说明一下,许多人都以为塔希提是高更的辞世之地,其实,他所选择的最后的栖息地是在塔希提东北

高更《自画像》

750公里处的希瓦奥阿岛。不过,塔希提的确是高更在法国本土之外居住时间最久的地方,他曾娶岛上的土著女人为妻,并与当地的居民融为一体,也画出了他最美、最有价值的作品。

事实上,高更的母亲身上有一半秘鲁原住民克里奥尔人的血统,他本人幼年时曾随母亲在秘鲁生活4年,可以说他与热带有着千丝万缕的关系。马提尼克岛也有许多克里奥尔人,高更来到此地恐怕也是出于本能的需要。值得一提的是,2010年上海世博会期间,我曾参观南太平洋联合馆,发现该馆有位工作人员酷似高更笔下的塔希提女子。

由于长年与世界隔绝,马提尼克人喜欢玩各种各样的游戏。多米诺骨牌是其中一项。据说在每一家餐馆里,都能见到有人在玩牌,这种28张的骨牌每张有两个数字或图案,分别代表数字0到6中的两个,没有重复,从(6,6)到(0,0),很有数学中有序排列的味道。如果是4人对局,则每人7张牌,谁先出完谁获胜,并高喊一声"多米诺"。规则是,下家需出与上家头尾相配的牌,如没有就过。

此外，马提尼克人还热衷于斗鸡，这就像西班牙人酷爱斗牛、英国人迷恋赛马、意大利人嗜好赌球一样。不过，马提尼克与"鸡尾酒之王"马提尼酒并无任何联系，后者是葡萄牙生产的一种强化葡萄酒，即在葡萄酒酿制的后期，加入烈性白酒和蜜糖，将酒质改变，而成为一种西方人在饭前饮用的开胃酒。在酒吧里，马提尼酒常被掺水加冰之后饮用，而我后来在乌克兰哈尔科夫认识的一位物理学家则喜欢边饮马提尼酒边吃冰激凌。

3 马拉开波湖

离开马提尼克岛以后大约1个小时，飞机从委内瑞拉西北部的马拉开波湖上空进入了美洲大陆。以选美闻名的委内瑞拉是拉丁美洲（当然也是美洲）最大的石油输出国，其主要资源便来自马拉开波湖的湖底。马拉开波湖是南美洲最大的湖泊（其实是一个大水湾），1万多平方公里的水域呈瓶形，不到10公里长的"瓶口"紧挨着加勒比海，一座以一位爱国将军命名的大桥连接着两岸，据说这也是南美洲最长的一座桥梁。

15世纪，欧洲殖民者侵入时，当地的酋长马拉在与白人血战时被杀，白人听到土著高喊"Maracaibo（马拉开波）！"，原本是"马拉倒下了！"的意思，却阴差阳错地被用作湖名。这则有趣的故事让我想起法国新古典主义画家雅克·路易·大卫，他有一幅杰作《马拉之死》（1793），这幅画被认为是法国大革命时期诞生的最杰出的艺术品。

但此马拉非彼马拉也，画中的马拉（Marat）是瑞士出

《三个女印第安人》（水彩画）

生的法国政治家、医生和记者，也是画家大卫的挚友。他是18世纪法国大革命时期激进派的领袖人物，曾明确要求对贵族采取防范措施。马拉50岁那年，诺曼底的一位年轻人受人指派，以请求保护为名进入他的房间，将正在为治疗皮肤病而沐浴的马拉刺死。

出人意料的是，盛产石油的马拉开波湖渔业资源也极为丰富，且湖岸风景秀丽，有大片肥沃的牧场，其中牛奶和奶酪产量占到全国的七成。事实上，在哥伦布首次抵达南美大陆（当时他以为是岛屿）的次年，另一位受雇于西班牙人的意大利航海家阿美利哥·维斯普西就来到马拉开波湖，他为眼前的这片景色所陶醉，用故乡美丽的水城威尼斯命名了这片国土（委内瑞拉在西班牙语里的意思是小威尼斯）。

飞过马拉开波湖不久，我们便进入了哥伦比亚领空，不出半个小时，飞机开始下降。下午4点左右，飞机抵达安第斯山中的名城——波哥大。6个月以前，我曾应邀来到加西亚·马尔克斯的母校——哥伦比亚国立大学——做了一次数学演讲，我记得这所大学图书馆的墙壁上画着切·格瓦拉的巨幅头像。

海拔2600多米的波哥大尽管靠近赤道线，可是一年四季都有着初春或晚秋的味道。但这一次我不像上回那样伤感，反而有了故地重游的温暖。过去的两个多世纪里，波哥大在南美的政治生活中一直扮演重要的角色，尤其在玻利瓦尔时代，它是大哥伦比亚共和国的首都，差点号令整个南美大陆。

3个小时以后，我换乘阿维安卡公司的客机再度升空，目的地是西北方向的麦德林。这次飞行只持续了大约45分

加拉加斯机场内挂着委内瑞拉前总统查韦斯像。作者摄

钟，越过一条叫马格达莱纳的河流，便到达了那座我曾经生活过9个月的城市。等我搭乘机场大巴，从山顶的小镇里约尼格罗到达那座以咖啡和毒品闻名于世的谷地，再换乘出租车来到巴斯克人房东家时，已经是晚上9点半了。此时离开我的出发地杭州已逾2万公里，费时整整50个小时。毫无疑问，这是我一生最漫长的一次空中旅行。

4　图书博览会

虽说最初的两次南美之旅，我都错过了委内瑞拉，只是在飞行途中俯瞰了那片土地。2019年暮秋，我也终于获得机会，专程前往委内瑞拉参加国际图书博览会，那年主宾国是中国。这场书展自然无法与法兰克福书展相比，中国新闻出版广电总局携我和小说家阿乙，还有书法家魏峰、儿童漫画家庄建宇随团前往参展交流。之前，我有两本西班牙文版诗集分别由哥伦比亚安第基奥大学出版社和北京五洲传播出版社出版，正是五洲推荐了我。

时光相隔了18年，我又一次飞越了大西洋，激情和灵感依然如旧。不同于上次，那回穿越的是向风群岛的马提尼克岛，这回穿越的是背风群岛的圣马丁岛，不过它们在地理上同属于小安的列斯。圣马丁岛的面积只有86平方公里，且主要由山地和湖沼组成，却分属两个不同的国家——法国和荷兰，是世界上面积最小的分属两个国家的岛屿。

1493年11月11日，哥伦布第二次远航到此，正好是圣马丁节，故命名之。其中法国领地原本隶属240公里以外的海外省瓜达卢普（毕竟圣马丁全岛面积只有瓜达卢普

加拉加斯街景。作者摄

的二十分之一），2007年才变成法国的直辖领地。而3年以后，荷兰领地也从荷属小安的列斯群岛中脱离出来，变成直属荷兰。

相传1648年的一天，法国与荷兰达成协议，他们各派一人，从岛的东端出发，各自沿海岸线依逆时针和顺时针方向跑，最后到西海岸碰头，依此划定分界线。结果出发以前，荷兰人喝了杜松子酒和淡啤，而法国人喝了白兰地和白酒，法国人酒劲更足，跑得也更快，加上路上有位迷人的少女搭讪荷兰人，结果法国人占有了六成土地。

虽然圣马丁岛是个弹丸之地，但是也出现在凡尔纳的小说《旅行基金》里，中学生们在此岛逗留了一整天。书中描绘了圣马丁岛的两个首府，法属的马里戈特和荷属的菲利普斯堡，他们搭乘的"机灵号"停泊在后者的码头上。书中写到，圣马丁岛的主要经济来源是高产盐田，年

书展上举办的出版论坛，左一为阿乙

作家和读者在一起

产盐不低于360万石。在7000左右的人口中,约有3500人是法国人,约有3400人是英国人,数量基本持平,剩下的是荷兰人。

　　加拉加斯位于北纬10度左右,海拔900多米,因此四季气候宜人。可是,加拉加斯机场却在加勒比海滨,与海平面基本持平,因而即便是11月天气也是炎热的。由于受到美国经济制裁,尤其是石油输出受阻,使得富庶的委内瑞拉陷入困境。飞抵时我们发现,机场空空荡荡,停机坪上只有两架古巴航空和巴拿马航空的飞机。

　　我们获得优待,从贵宾通道入境,很快便被专车接走,且有警察随行。这让我想起5年前的伊拉克之行,那里还有警车开道。一路上坡,司机依然开得很快,我看到两侧山腰上彩色的贫民窟,其规模与墨西哥城、里约热内卢和利马的无法相比,看起来像是一个个蛋窝。大约1小时以

Ⅲ 从欧洲到美洲

后,我们抵达了酒店,微信群里发来通知:出于安全考虑,请勿单独行动。

本来,委内瑞拉是全世界石油储量最大的国家,位列沙特阿拉伯、伊朗和伊拉克之前,且超过两伊的总和。前总统乌戈·查韦斯利用这一大自然的财富,实行针对穷人的医疗、教育、住房等福利制度,一度赢得了民心。但是,犯罪率、通货膨胀和贫富差距等问题仍很突出。石油价格的波动,也使得人民生活水准大幅下降。国际图书博览会可以帮助粉饰太平吗?似乎也很难做到。

2019年,参加那届图书博览会的主要是拉丁美洲各国和西班牙的出版商,以及一部分欧洲和亚洲国家的出版商。主会场设在市中心的玻利瓦尔广场,四周都有保安。主宾国中国的展出活动设在广场附近的外交部黄楼,旁边就是国会大厦,当权者是1983年出生的反对派领袖瓜伊多。虽然瓜伊多的背后有美国政府撑腰,但委内瑞拉军界仍支持总统马杜罗,目前看来两者相安无事。

5 加拉加斯艺人

11月9日上午是中国馆的开幕式,马杜罗总统亲自出席了,不过他迟到了45分钟。主持会议的是部长理事会副主席兼新闻通讯部部长罗德里格斯。马杜罗显得很亲民,他一一叫出外国作家的名字,见我未戴同声翻译耳机,便问起缘由。我用西班牙语回答"Hablo poquito(de)español"(我会一点点西班牙语),没想到总统先生听后模仿了我这句话,这一模仿把大家全逗乐了。

加拉加斯郊区民居。作者摄

南美人的幽默感我早有领教，他们尤其擅长音乐、舞蹈和足球，有了这3个基础，演艺更不在话下，比如每年2月在巴西里约热内卢举行的狂欢节就被认为是"地球上最伟大的表演"。记得第一次哥伦比亚之行，我就看到两位来自加拉加斯的杂耍艺人的演出，并获得灵感写了一首诗。

加拉加斯艺人

黄昏的阿布拉山谷
微风吹皱了校园的水池

几个穿花格衬衫的年轻人
清一色的小丑装扮
声称来自加拉加斯
他们弹奏着破旧的吉他
将一只只旋转的轮子
高高地抛向空中
再用丝线稳稳地接住
然后轮流把彩色的球
掷向同伴或观众
我在巴黎的塞纳河畔
伦敦的莱斯特广场
都曾亲眼见识过
若论技巧,他们当然
无法与东方艺人相比
可他们幽默的表演
夸张而不失风度
掩盖了拙劣的技艺
招来了一阵阵掌声
甚至故意犯下几个错误
让围观者哄然大笑
突然间我在人群中
感觉到前所未有的孤单
我从未尝试过表演
不知怎样取悦公众
怎样面对陌生的面孔
实在是人生的一桩憾事

在加拉加斯海滨玩耍的小孩。作者摄

说到表演，我想起了选美，那大概比图书博览会更能粉饰太平。选美是由政府、企业和媒体联合操办，既能帮助美女们提升知名度，又能带动美丽产业发展的一种娱乐活动。1951年开始的世界小姐（源于英国）和1952年开始的环球小姐（源于美国）是公认的最有影响力的两大选美比赛。迄今为止，各有6位和7位委内瑞拉姑娘赢得这两项比赛桂冠，其他国家望尘莫及。

同样值得赞美的是加拉加斯出生的网球运动员穆古鲁扎，她已赢得2016年法国网球公开赛和2018年温布尔顿网球公开赛两项大满贯桂冠，并曾排名世界第一。在这两项决赛中，她分别战胜了美国的威廉姆斯姐妹——上届冠军塞蕾娜（小威）和维纳斯（大威）。穆古鲁扎的母亲是委内瑞拉人，父亲是西班牙巴斯克人，6岁随家人移居西班牙，拥有委内瑞拉和西班牙双重国籍，她的业余爱好是弹吉他。相比其他多数大满贯冠军，穆古鲁扎有着更为优雅的气质。

虽说委国局势紧张，组委会仍为我们安排了两次郊游，一次是去加勒比海滨的海水浴场，还有一次是去北郊民俗小镇。有一天，外交部黄楼举行我和阿乙的读者交流会。阿乙是江西瑞昌人，毕业于警察学校，后来成为"一个讲述犯罪故事的名作家"。那天现场坐满了观众，席间我用西班牙语朗诵了一首小诗《回声》(*El Eco*)，博得全场的热烈掌声。而我这一丁点儿西班牙语，正是在委内瑞拉的邻国哥伦比亚的麦德林学的。

6　麦德林狂欢节

当阿维安卡航空的飞机抵达麦德林山谷时，我意识到夏天已经提前来临了，在麦德林你永远只需穿一件衬衫。麦德林是哥伦比亚第二大城市，也是安第基奥省的省会，它位处北纬6度，离赤道不到700公里，可是由于海拔将近1500米，全年气温都在20—30摄氏度，几乎没有季节的变化，如果有的话，也主要由宗教节日来体现。

例如，每年1月下旬有斗牛节，届时全国乃至南美其他国家的斗牛士和观众会蜂拥而至，比赛地点就在我租住的寓所附近的圆形体育场，每次坐轻轨去学校都会经过那里。可惜斗牛比赛正赶上中国的春节，我无法两头顾全，终究是错过了时间。这也是哥伦比亚人从西班牙殖民者那里继承下来的少数几项传统之一，此外更重要的传统便是天主教的节日（最重要的是圣诞节、复活节）、斋戒。

除了个别道德或政治上的目的以外，斋戒主要出于宗教的原因，包括礼仪、苦修和神秘主义。伊斯兰教有所谓的斋月或忏悔之月，每天自日出至日落完全禁食，甚至夫妻也不得同房；基督教相对宽松，其中新教一般把禁食留给教友按照自己的良知去决定，而天主教和东正教虽有40天的春季大斋节，却只要求在首日和耶稣受难日两天严格戒斋。

我想起2005年访问西班牙时，曾借参加意大利诗歌节的机会，去西西里岛、马耳他和突尼斯一游。抵达突尼斯城是在午后，我住进市中心的一家旅店，洗过澡睡了一觉，待醒来走到街上，看见华灯初上，原先熙熙攘攘的大街突然空无一人了，如同疫情期间的封城，心中好生奇怪。后来才知道，原来那会儿是斋月，落日之后，大家都急急忙忙地回家吃饭去了。

值得一提的是，在世界著名的宗教里，唯有琐罗亚斯德教禁止斋戒，该教认为斋戒行为无助于信徒与邪恶斗争。琐罗亚斯德教源于波斯，它的创始人琐罗亚斯德去世那年诞生了孔子，那一年释迦牟尼也才12岁。在7世纪阿拉伯圣战期间，大批波斯人信仰了伊斯兰教，而此前的400多年间，琐罗亚斯德教一直是波斯的国教。即使在今天，孟买的琐罗亚斯德教徒仍有10万之众。

在基督教里，大斋首日又被称作圣灰星期三（Ash Wednesday），在那一天牧师对教友说："你不过是尘土，

哥伦比亚的狂欢节

仍将归于尘土。"此话原出《圣经》,是上帝对亚当说的。美国出生的英国诗人T. S. 艾略特曾以此为题写过一首诗。1930年,他的诗集《圣灰星期三》在伦敦出版。同年,他皈依了天主教,实现了他自己所说的,"政治上是保守党,宗教上是天主教,文学上是古典派"的愿望。

可能是出于对漫长的斋月一种期待和担忧的心理,许多天主教国家会在大斋节前最后几天甚或最后几小时举行庆祝活动(穆斯林的开斋节则在斋月结束以后),这项活动被称为"狂欢节"(carnival),又叫"嘉年华会"。狂欢节对民间戏剧、民歌,尤其是民间舞蹈的形成、发展起了重要作用,最著名的当数里约热内卢狂欢节,那座风景秀丽的海滨城市可谓是桑巴舞的天堂。可惜,7个月以前,我应邀去里约热内卢参加拉丁美洲与加勒比海地区首届数学家大会时正赶上冬天。

重返麦德林后的一个周末,狂欢节如期而至,可是其规模与我原先想象的相差甚远。出于安全的考虑,我只是在房东外甥约塞夫的陪同下到市中心逛了一圈。如果没有观众参与的民间舞蹈,狂欢节不过是政府出面组织的游行,就像杭州西湖博览会期间举行的娃哈哈西湖狂欢节那样,没过几年也就停办了。

在哥伦比亚,几乎每一个人都是舞蹈家,尽管如此,我本人最感兴趣的仍是狂欢节展示出来的化妆术和服饰,男女老幼的额头上画着黑色的十字架。与巴西人的热情奔放相比,生活在安第斯山中的哥伦比亚人表面上内敛许多,即使他们唱起歌来也是如此。但我非常喜欢听他们吹的一种排箫,从中我明白了狂欢的真正含义,那似乎是要向众神宣誓斋戒的开始。

7 硕士论文答辩会

作为哥伦比亚人口最多的安第基奥省的省会,麦德林这座城市的传奇和种种令人匪夷所思的现象,我在《里约的诱惑——回忆拉丁美洲》(万卷出版公司,2016)里谈到过。安第基奥大学创办于1803年,是哥伦比亚最古老的大学,也是麦德林和安第基奥的最高学府。校园里的建筑古色古香,栽满了各种各样的热带果树,还有一条幽静的环校公路。

麦德林的另一所大学哥伦比亚国立大学,充满艺术气息。作者摄

虽然,那会儿震惊世界的"9·11"恐怖袭击事件还没有发生,可是,就像如今机场的安检处一样,安第基奥大学每个校门都有保安和警犬站岗,无论公文包、书包,还是汽车后箱都需要打开来检查,以防有人携带枪支或危险品进校。当然,如果真有歹徒闯入,估计保安也查不出什么。在不到一年的时间里,安第基奥大学有一位政治学教授在自己的办公室命归黄泉,还有一位物理学教授和一名哲学系学生在自己家里失踪。

我在麦德林的那年,正是游击队势力范围不断扩大的一年。尤其是哥伦比亚革命武装力量,即FARC,他们的影子无处不在,也经常在电视和报纸里出现。邀请我来的吉尔伯特教授有一次认真地跟我说,早知道如今的局势他们就不敢邀请我来了。吉尔伯特和我一年前在罗马初次相遇,他告诉我安第基奥大学数学系有访问教授名额,并极力推荐了我。

初来乍到时，吉尔伯特还会在周末开车带我到他郊外山中的庄园里住上两天，我们曾一同下到考卡河谷，现在连他自己都是当天来回，更不敢带我这个老外去了，要是被绑架的话要100万美元的赎金呢。不久以前两位日本电器商人就遭此厄运，他们在首都波哥大郊外的出租车里遭拦截，被强行带走，司机被当场释放，至于结局如何我就不得而知了。

我之所以绕地球半圈回到麦德林停留短短20多天，一来我和吉尔伯特合作申请到的哥伦比亚国家科学基金项目需要结题，二来我们共同指导的一个研究生需要论文答辩，三来我上学期教的抽象代数课需要考试，这门课程由于抗议美国政府的"哥伦比亚计划"举行的罢课延宕了。最值得高兴的是，安第基奥大学的数学专业博士点申请终获批准，这也是他们邀请我和一位印度教授来访的主要原因。

说起考试，哥伦比亚学生的自觉性值得赞赏，主讲老师是唯一的监考官，有几次我故意在过道里多停留一些时间，回到教室却没有发现任何慌张或不自然的表情，这一点让我感到欣慰。以往在中国，每当考试临近结束，教室

写有革命标语的教学楼墙壁。作者摄

吉尔伯特庄园。
作者摄

里的气氛总要出现一些微妙的变化。

  我和吉尔伯特共同指导的研究生叫娜塔利娅，她研究的课题是一类调和数和的同余性质。所谓调和数是指整数的倒数。与中国大多数数学专业的学生一样，娜塔利娅的家庭并不富有，却非常勤奋，这在南美学生中十分难得。娜塔利娅一头卷发，五官端正，有着热带女孩惯有的肤色，即人们通常所说的咖啡豆的颜色。她管我叫"普罗菲"，也就是西班牙语里教授一词的前面两个音节（profe）的发音。

  娜塔利娅学习成绩突出，本科时就曾被安第基奥大学派往西班牙的毕尔巴鄂大学留学一年。毕尔巴鄂是西班牙少数民族巴斯克人的聚集地和首府，我的房东老太太也是巴斯克移民，看来安第基奥的西班牙人后裔里巴斯克人占比不少。而在西班牙，巴斯克人的分离倾向颇为严重。毕尔巴鄂竞技队是足坛的一支劲旅，它的主场被称为魔鬼主场，经常令豪门皇家马德里队和巴塞罗那队头疼。

娜塔利娅的毕业论文答辩会安排在一间普通教室里进行，吉尔伯特和我，以及另外两个并非同行的本校同事出席，一切均在导师的掌控之中，与中国的论文答辩会没有什么两样。最后，我们把热烈的掌声献给了娜塔利娅。甚至有人哼唱起了法国作曲家拉威尔著名的《波莱罗舞曲》，拉威尔来自法国西南部的巴斯克地区。

答辩结束后，答辩委员会成员依次与娜塔利娅拥吻祝贺，而她的男友和几位要好的同学则手捧鲜花在门口等候。当晚娜塔利娅家里还有一场庆祝舞会，如果不是因为她住在城乡接合部，我或许会考虑接受娜塔利娅的邀请前去庆祝。虽说有一条地铁的终点站设在那里，但城乡接合部的不安全性一点也不亚于市中心。

8 卡利的夏天

答辩会后的第二个星期，我和吉尔伯特就出发去卡利城了，因为哥伦比亚数学会年会在卡利举行，组委会邀请我去做一个学术报告。卡利是哥伦比亚第三大城市，考卡河谷省的省会，安第基奥大学物理系有一位华人教授曾经给我打过一个比方，他说如果说波哥大是北京，麦德林是上海，那么卡利就是广州了。

一方面卡利的海拔只有1000米，比起麦德林来又低了500米，比波哥大低了将近1000米；另一方面卡利的纬度只有3.5度，比麦得林和波哥大都低，故而全年处于夏天。卡利是南美的一个音乐中心，有着"莎莎之都"的美誉。

卡利街景。
marplar
供图

莎莎作为目前世界上最流行的交谊舞种和舞曲,虽说起源于古巴,但哥伦比亚莎莎却以其优雅博得了名声。

此外,远近闻名的卡利美洲足球队也是一支南美强队,曾4次打入解放者杯决赛,可惜4次饮恨,其中2次输给了阿根廷的河床队,后者培养的球星有斯蒂法诺、克雷斯波和伊瓜因。倒是麦德林的民族竞技队曾两度赢得解放者杯,第1次是1989年,第2次是2016年。另外,介于卡利、麦德林和波哥大之间的卡尔达斯也曾在2004年赢得解放者杯。

出人意料的是,麦德林和卡利之间的航班很少,我们需要在波哥大换机。这次我是从麦德林山谷的小机场出发,那里有我平生所见过的最明亮整洁的候机厅。我本以为会在波哥大遇到一批同行,没想到在人口不到6000万的哥伦比亚,竟然有两个全国性的数学协会,一个总部在波哥大

卡利大剧院

的国立大学,另一个总部在考卡河谷大学,吉尔伯特正是后一个协会的副理事长兼秘书长。

在卡利的3天时间里,当理事会成员在那里煞有介事地总结和讨论换届事宜时(就像世界各国的许多理事会一样徒有虚名,并没有多少实质性的工作),我在旅店里看书写诗,或者漫步附近的街头。一杯浓稠加奶的芒果汁,散发出自然沁人的芬芳,那是我最喜欢喝的热带饮料。

每天早晨淡雾散去以后,一幅幅市井的画卷展示在我面前,黑人擦鞋工早早地在眼镜店门口设好了摊位,虽然他们的祖先同样来自撒哈拉沙漠以南的非洲,但哥伦比亚黑人勤劳朴实,与我在北美见到的并不完全一样。另一方面,他们也不太具备表演的欲望和运动的才华。不过,2000年悉尼奥运会上,南美洲唯一的金牌得主是哥伦比亚的黑人女子举重运动员乌鲁蒂亚,她也是哥伦比亚第一位

卡利博物馆

奥运会冠军。

另一方面，到那时为止，南美球队恰好赢得了半数世界杯，即16次中的8次，其中巴西人4次，阿根廷人和乌拉圭人各2次。这给了我一个启示，或许足球并非属于竞技体育。这一点也可以解释为何中国在奥运会上取得那么多种赛事的奖牌，却只获得过一次世界杯参赛资格，那还是在东亚邻居举办的2002年韩日世界杯上。甚至，我们还从未赢得过一次亚洲杯。

我在卡利还有一桩消遣，那便是看报纸和电视，暴力事件依然触目惊心，安第基奥大学的同事曾经告诉过我，在哥伦比亚要想有安全感最好是不看新闻，这一点我做不到。很快我便发现，卡利城有一位盲人市长萨尔塞多。自从麦德林的大毒枭埃斯科瓦尔被击毙以后，卡利贩毒集团就占据了上风，可是萨尔塞多却把这座以暴力著称的城市治理得井井有条。

比起盲诗人（荷马）和盲数学家（欧拉）来，盲人政治家无疑更为稀罕。据说竞选时萨尔塞多反复引用多米尼加共和国前盲人总统巴拉格尔的话："人民选举我当领导，不是选举我来穿针引线的。"他还幽默地宣称自己和妻子是"一见钟情"。正是这一点使他成功当选，并确保其支持率居高不下。

巧合的是，萨尔塞多的名字叫阿波利奈尔，和20世纪初那位多才多艺的法国诗人完全一样。后者的诗歌和艺术鉴赏力深受后人的推崇，几乎成为一个传奇。欧洲每隔一年在不同的地方举办一次阿波利奈尔年会，美国有一所大学建立了阿波利奈尔网站，中国也有一家民间诗刊以他的名字命名。

如同麦德林有一条麦德林河一样，卡利也有一条叫卡利河的溪流。不同的是，这里有各式各样的石桥连接两岸，甚至令我想起亚洲西部库赫鲁德山中的波斯名城——伊斯法罕。漫步在桥梁与堤岸之间，我忽然有了一种怀乡的感觉，这些石桥

> 仿佛花布衬衣上的一排纽扣
> 带给我一连串故国的问候

9　告别哥伦比亚

从卡利返回麦德林没多久，我便准备回国了。虽然吉尔伯特教授极力挽留，系主任和理学院院长都说延聘没有

任何问题，我还是毫不犹豫地订好了回国机票。至于回程的路线，我可谓绞尽脑汁，虽说往返机票费用自理，但我费心设计倒不是为了节省费用。哥伦比亚虽说是发展中国家，当时教授的薪水却是中国教授的数倍，并且不用评级评岗，而是按照每年发表的论文数量和论文的级别等因素自动加薪，因此并无太大的经济压力。此外，澳大利亚新南威尔士州有一所大学邀请我去讲学，而日本也有一个数学会议邀我参加，故而还要考虑在线路中加入悉尼和福冈。

我在春节回国省亲的有限时间里，办妥了澳大利亚的签证，可是日本签证来不及了，只好把一本因公护照递交给了日本国驻上海总领馆，取到签证以后请家人直接寄往悉尼。

剩下的选择是如何从哥伦比亚去澳大利亚。很快我了解到，从美洲跨越太平洋到大洋洲的航线只有3条，分别以洛杉矶、圣地亚哥和布宜诺斯艾利斯为起点。持中国护照者经由美国转机须办理过境签证，我向来讨厌这类无理的要求，因此洛杉矶首先就被我否定掉了。

从智利首都圣地亚哥到悉尼需要完成一个空中三级跳，即复活节岛、塔希提岛和奥克兰，虽然花费时间多且机票昂贵，但对我来说无疑是最有诱惑力的线路。复活节岛上的石像被誉为人类文明史上的不解之谜，尽管它远离南美大陆，却是智利的领土，因此我返回麦德林不久，就在当地的智利领事馆申请了签证。

1758年以来，塔希提便是法国的海外领地，其首府帕皮提也是法属波利尼西亚的首府。塔希提又译大溪地，因为迷人的热带风光和法国画家高更的缘故让许多人心驰神

一个哥伦比亚男孩。
作者摄

往。我喜欢高更的画,多年以前为他写过一首诗《芳香》。

由于该岛隶属的波利尼西亚群岛仅有20多万居民,无法在世界上的每个国家设立大使馆,对外关系一般由其宗主国——法兰西共和国代理。我在领取澳大利亚签证的当天,曾把一纸申请书连同那本私人护照递交到了法国驻沪领事馆,却被告知由于到塔希提除了需要法国外交部批准以外,还需要得到波利尼西亚政府的首肯,因此时间上已经不允许。这本带有哥伦比亚签证的护照我又必须随身携带,不得已只好放弃了这项计划。

这对我来说无疑是一次打击,因为以后我不大有机会到南太平洋一带访学了。更为不利的是,从复活节岛经帕皮提到奥克兰的飞机在当天和次日均无法衔接,因此即使是中转也因为超过24小时而难以实现了。现在剩下的唯一选择就是经过阿根廷了，3个月前我到切·格瓦拉的出生地罗莎里奥参加了拉丁诗歌节，顺便游览了布宜诺斯艾利斯，因此不想再费神去办签证了。

这样我就在离开哥伦比亚之际，勉为其难地计划在同一天里两次穿越美洲大陆。2月的最后一个下午，正当电视里开始转播里约热内卢街头的桑巴舞表演之时，我离开了麦德林。吉尔伯特教授亲自送我到里约尼格罗机场，将近一年前，正是他开着那辆超级丰田吉普把我接来的。

路上吉尔伯特告诉我，系里的博士点批文正式下达了，教授的薪水将上涨9个百分点（与通货膨胀率相当），麦德林也要增添一条地铁线路。虽然我口头答应若干年后重返安第基奥大学，但我们彼此感觉到可能性极小。生命短暂，我们毕竟生活在完全不同的世界里，有着完全不同的社会关系和生活环境。

值得一提的是，在我离开3年以后，吉尔伯特又娶了第三任妻子，依然是他的学生，看来哥伦比亚师生恋并不违背法律或道德规范。老房子给了任中学校长的第二任妻子，他和新婚妻子则搬到郊外的那座别墅。那会儿，在安第基奥大学毕业生、新总统乌里韦的统治下，哥伦比亚的治安和社会秩序有了很大改善，而2010年继任总统的桑托斯则因为与哥伦比亚革命武装力量（FARC）达成和平协议荣获2016年度诺贝尔和平奖。

让人特别高兴的是，麦德林诗歌节一直举办至今（近两年因为疫情改为线上举办），中国诗人与麦德林诗歌节的情谊也延续至今，已有十多位中国诗人应邀参加。2013

年，我参加墨西哥城诗歌节以后，飞赴印加古国所在的秘鲁，特意搭乘了阿维安卡航空公司的飞机，途经波哥大转机，在旧地停留了数小时。

我惊讶地发现，阿维安卡已兼并了萨尔瓦多和厄瓜多尔两家航空公司，从而超越巴西VARIG，成为拉丁美洲最大的航空公司。也正因为如此，我后来的几次南美之旅更顺畅了。对当地来说一切也在向好发展——外国旅行者复又悄然来到，国家足球队的排名在节节升高，歌手夏奇拉红遍全球，连续三届世界杯（2006年德国、2010年南非、2014年德国）在闭幕式上献唱。

IV

从北半球到南半球

生灵就像玉米,从过去事物的
无尽谷仓中,脱粒而出
——(智利)帕巴罗·聂鲁达

1　经停赤道线

照例我又要在波哥大换乘国际航班，这回选择的是智利航空公司（Lan Chile）。如果说麦德林的天气接近夏末初秋，那么波哥大是一年到头处于深秋时节，毕竟它的海拔高度接近两千米。这条航线每天一趟，每周有五天直飞圣地亚哥，另外两天要在位于赤道线上的基多停留，正好被我遇上了。这样一来，我就有机会抵达一个新的国度，与前两次穿越赤道线到南半球相比，这一回自然别有一番体验。

也正因为这个原因，我在告别波哥大时没有出现大的情绪波动，虽然我当时认为，这一辈子都不大可能重返哥伦比亚了。安第斯山人的生活方式与那里的天气一样少有变化，也就是说，他们将来不大会有远渡重洋的机会，即使有也只是到西欧或北美，这意味着我与在这里结识的每一个朋友都将永别了。

事实上，除了吉尔伯特和翻译我诗歌的劳尔·海曼（一年后经他之手我的西班牙文版诗集《古之裸》出版了，而参加加拉加斯书展的则是我的第二本西汉双语诗集《蔡天新诗选》）以外，我和麦德林几乎断了联系。随着哥伦比亚局势的持续动荡，我非常担心物理系的吴教授及其夫人，我离开以后再也没有得到过他们的任何消息，发出的电子邮件屡遭退回，许多次我在给吉尔伯特教授的信中问起，他总是避而不谈。

让我无法理解的是，吴教授要求我回国后对他的行踪保密，尤其是遇到他的校友时，对此我只好信守诺言。他

作者首部西班牙文版诗集《古之裸》

参加书展的部分书籍（含作者西汉双语诗集）

从前在中国任教的大学位于一个风景秀丽、经济发达的城市，和我的居住地杭州相距不足两百公里。或许，他们对国内的人事关系十分厌恶，更愿意过一种与世隔绝的生活。

离开波哥大一个多小时以后，飞机降落在白色之城——基多。出人意料的是，该城唯一的民用机场竟然设在市中心。原来，基多与其他许多拉美城市一样，坐落在安第斯山上，只不过它所在的山谷面积不够大，附近又没有里约尼格罗（麦德林机场所在地）那样平整的山头，因此只好选址在市中心。

由于飞机没有与廊桥衔接，我便趁机组人员搬运食物之机，迈出了机门，呼吸到了外面的新鲜空气，感觉有了冬天的味道。基多高出海平面2800多米，因此虽然地处赤道线，月平均气温仍只有十四五度，而年均温差仅0.6度，这在全世界绝无仅有。

基多城始建于15世纪，在西班牙人入侵以前，这里居住着一个叫基图的印第安部落，算起来只有500多年历史。可是，对于新大陆来说这座城市已经是最古老的了，加上拥有众多的教堂，它被联合国教科文组织列为世界文化遗产。不过，基多城最壮观的风景是西面一座山顶终年积雪的火山，即海拔近4800米高的皮钦查峰，据说天气晴朗时可以从市内任何地方清晰地看见，可惜我到达时已是黄昏时分了。

我想起几年前的日本之行，在从东京到名古屋的高速公路上，以及箱根群山上的芦之湖畔，远远地见到了海拔3700多米的富士山，那景象令人难忘。富士山与京都附近的琵琶湖可谓日本的象征。当然，若是与我后来在外高加索名城埃里温见到的大阿勒山相比，它仍然矮了一截。海拔5165米高的大阿勒山地处土耳其、伊朗和亚美尼亚三国的交接处，相传挪亚方舟在洪水退去时曾停留此山，在亚美尼亚首都埃里温，是可以清晰地看见的。

虽然全世界跨越赤道线的陆上国家有10余个，美洲除了厄瓜多尔以外，还有哥伦比亚和巴西，但只有厄瓜多尔被称为"赤道之国"。究其原因，一来赤道乃厄瓜多尔国名的西班牙文原意（非洲的赤道几内亚其实不在赤道线上）；二来这个小国家没有其他显著特色；三来（或许是最重要的）基多是世界上离赤道线最近的首都，随着城市的扩容，这一距离已经从30公里缩短至25公里。

基多城西北有一座赤道纪念碑，那里有一座跨越两个半球的天主教堂。（由此推断，市区包括机场已经处在南半球了。）这座被赤道线穿越的教堂与梵蒂冈的圣彼得教堂、巴黎圣母院以及圣米歇尔教堂一样，每天都迎来四面八方的游客。遗憾的是，那次我没能浏览厄瓜多尔，直到12年以后，一次偶然的机会来临。

2 "红眼航班"

2013年秋天，我应邀到墨西哥城参加诗歌节。之后去利马讲学，搭乘的是哥伦比亚的阿维安卡航空，因而得以重返哥伦比亚。但因为没有签证，我只是两次经停波哥大机场，在此地逗留了四五个小时。波哥大机场是拉美第三繁忙的航空港（仅次于墨西哥城机场和圣保罗机场），并拥

水彩画中的瓜亚基尔

有世界第三长的跑道，而阿维安卡超越了智利航空和巴西的VARIG，已成为拉美第二大的航空公司。

　　幸运的是，我发现厄瓜多尔对中国人可以落地签或免签，而阿维安卡有从波哥大起飞、经停瓜亚基尔前往利马的航班。瓜亚基尔与基多是厄瓜多尔的双子星城，犹如中国的上海和北京，俄罗斯的圣彼得堡和莫斯科，西班牙的巴塞罗那和马德里。两地直线距离虽然只有两百多公里，气候和环境的差异却比京沪要大，因为瓜亚基尔是海港，而基多海拔2800多米。

　　不用说，我预订了可以在瓜亚基尔一日游的航班。10月19日子夜，翻译家孙新堂博士驾车送我到墨西哥城机场。深夜1点半，我搭乘的"红眼航班"准时起飞。所谓"红眼航班"通常狭义上是指深夜起飞、黎明抵达，广义上是指日落之后起飞、日出之前抵达的航班。

这个叫法最初得名于美国，因为美国东西海岸有3个小时的时差，从西海岸晚上10点起飞的航班，抵达东海岸时刚好天亮，乘客们下飞机时睡眼惺忪，故而得名。2004年夏天，我曾在夜里搭乘伊朗航空的飞机从贝鲁特飞往德黑兰，不过那是只有3小时的飞行，其中还包括一次祈祷时间，途中没有任何声音或图像播出。2005年，美国和韩国都拍摄过关于"红眼"的恐怖片，韩国因为地方小，场景安排在一列火车上。

虽说墨西哥城位于该国南部，但离国境线尚有500多公里，因此飞行了近1个小时才进入中美洲领空。那以后，飞机依次穿越了危地马拉、萨尔瓦多、洪都拉斯、尼加拉瓜、哥斯达黎加和巴拿马6国，除了危地马拉以外，其余5个国家我都曾经造访，其中尼加拉瓜停留稍久，因为两年前我在这里参加了为时一周的格拉纳达诗歌节。

大约4小时以后，飞机来到巴拿马城上空，稍后进入了巴拿马湾，那是飞行途中经过的唯一一片水域。不久便进入了南美大陆——哥伦比亚的领土，飞抵波哥大时黎明即将到来。

2个小时以后，我又一次升空，这回是向西南方向，与从墨西哥城飞来时的路线几乎形成一个直角。这段1个多小时的飞行起初是在高高的安第斯山上，随后在基多附近穿越了赤道线。从基多到瓜亚基尔，不过半个小时，地形却从山地变成平原。上午10点半，飞机降落在滨海的瓜亚基尔机场。

厄瓜多尔是太平洋东岸著名的港口，这里四季如夏。走出机场，我搭乘出租车去了入住的酒店，是在距离海滨一个街区的小街上，门口有持枪的保安，让我重温了十多年前在哥伦比亚度过的时光。也正因为有了经验，我并没有感到紧张，但在拉丁美洲无论何处，小心谨慎总还是需要的。

说到瓜亚基尔，据传此城最早的居民是一对勤劳的印第安夫妻，女的叫瓜亚，男的叫基尔。后人为了纪念他们，遂以瓜亚基尔称呼这座城市。这有点像东欧的匈牙利，首都布达佩斯是由多瑙河两岸的城市布达和佩斯合并而成。说到基尔（Quil），它与德国北部的同名城市没有关系，后者（Kiel）在德语里的意思是"狭窄的海湾"。

3　瓜亚基尔会晤

趁着下午的好天气，我走到海滨大道，那是一条步行街。除了人流和娱乐场所，还有不少饭店，包括一家中餐馆。一个胖男人正熊抱着女友，这是足球比赛观众席上经常看到的一幕。我这才发现，太平洋尚有70公里之遥，瓜亚基尔傍依着的是瓜亚斯河。此河是厄瓜多尔的主要河流，河面异常宽阔。

虽然是在南纬2—3度，又是在海平面上，但因濒临海湾，海风吹拂，即便是在最炎热的季节，气温也不是太高。与气候始终凉爽的首都基多相比，瓜亚基尔可谓另一个世界，这对一个小国家的人民来说，实在有趣。频繁往来于

服装市场里的
母女。作者摄

两城之间的厄瓜多尔人应该不在少数,他们适应季节变换的能力想必早已练就了。

除了安第斯山、太平洋和赤道线以外,厄瓜多尔还有一个奇特的地理特征,它的属地里还有距本土1000多公里的加拉帕戈斯群岛。瓜亚基尔不仅是厄瓜多尔最大的港口,还是该国第一大城市。在世界各地,尤其是南美各国报纸的天气预报栏,瓜亚基尔通常是厄瓜多尔的代表。然而,我造访它的主要缘由却是,瓜亚基尔是19世纪一次重要会晤的发生地。

1821年,阿根廷的圣马丁将军在解放秘鲁的战役中

解放者纪念碑。
作者摄

作战不利，写信给已夺取厄瓜多尔的玻利瓦尔，建议双方联合，争取独立战争的全面胜利。玻利瓦尔欣然同意在瓜亚基尔会晤，时间是在翌年7月26日。见面时，圣马丁曾对玻利瓦尔说：美洲将不会忘记我们两人相互拥抱的这一天。

相比之下，玻利瓦尔是比较强势的一方。会谈的主题是独立战争和美洲的未来。由于是秘密进行,没留下任何记录,事后直到两人去世,都对会晤保持缄默。因此人们只能做些猜测,据说会谈的中心问题是秘鲁。玻利瓦尔不顾圣马丁的军队在秘鲁已经做出的努力,坚持独自完成解放秘鲁的事业。

由于双方存在严重分歧,会谈没有达成任何协议。7月27日,圣马丁悄然离开瓜亚基尔,返回利马。2个月后,他召开秘鲁国会,声称自己已完成使命。随后离开了利马,经智利返回阿根廷。翌年,他又离开阿根廷前往青年时代求学的法国,在欧洲度过了余生。无论如何,关于瓜亚基尔会晤的细节和圣马丁引退的原因,已成历史之谜。

与此同时,"解放者"的形象却永远铭刻在人民心中,南美足球的最高荣誉也以此冠名,捧得"解放者杯"的球队当年岁末可与欧洲冠军杯获得者进行一场洲际比赛。这一比赛早年在东京举行,叫"丰田杯",后吸纳其他各洲冠军参加,易名世界俱乐部冠军杯,简称"世俱杯"。捧得"解放者杯"最多的国家是阿根廷,其次是巴西和乌拉圭,厄瓜多尔的基多运动队也获得过一次(2008)。

沿着滨河大道走,远远地我便看见一尊高大的塑像,那正是玻利瓦尔和圣马丁两位解放者,他们并肩伫立,互相凝视。显而易见,这只是雕塑家甚或人民的愿望。我在塑像前逗留良久,看到一位蓝衣少女与塑像合影,她的身后有位母亲带着一双幼小的儿女。我相信,这几位游客并不知道当年会晤的紧张气氛。

当晚我在旅店附近的一家饭馆用餐,点了火烧玉米、柠檬烧虾、烤乳猪和牛鞭汤,牛鞭即牛的外生殖器。因为坐了红眼航班，当晚我早早地休息了。第二天早上，在飞往利马之前，我又一次来到海滨，逛了美术馆和露天的服装市场，待我准备去一探旁边山上色彩艳丽的贫民窟时，却被路边的一位老太太给阻止了，她用手势和语言告诉我那里危险。

4　飞越印加帝国遗址

在基多停留2个小时以后，飞机再度进入了跑道，我仰望星空，发现满天的繁星一直铺到了天边，比任何地方都多，大概也是地处赤道线的缘故吧。与5个月前从波哥大直飞圣地亚哥的航程相比，这一回我们不经过巴西的亚马孙河流域，而是要从秘鲁首都利马和印加古都库斯科之间穿行而过。

不出半个小时，航路图上显示我们已进入秘鲁领空，西侧出现了安第斯山中的名城——卡哈马卡。虽然秘鲁的

印加帝国的征服
者皮萨罗

印加古都库斯科。作者摄

面积超过了哥伦比亚，却没有一条完全属于自己的大河，所有主要的河流都是亚马孙河的支流，高高的安第斯山挡在西面，也挡住了通往太平洋的道路。可以想象，从多数省份到首都利马的交通都十分不便。

16世纪20年代，有一位叫皮萨罗的西班牙探险家曾3次从海上前往秘鲁，他试图越过安第斯山，征服古老的印加帝国。皮萨罗青年时代便来到新大陆寻求功名，他先是在海地生活了7年，后又定居巴拿马。47岁那年，皮萨罗才从一位同胞那里知道了印加帝国，又听到墨西哥的阿兹特克人被征服的消息，决意去征服。

IV 从北半球到南半球 129

孔丘与马丘比丘。作者摄

皮萨罗的第一次尝试以失败告终，两条船还没有抵达秘鲁海岸就被迫返回。第二次偷袭略有斩获，带回了黄金、羊驼和印第安女人。1531年，已经56岁的皮萨罗（哥伦布55岁便去世了）率领一支不足200人的队伍第三次从巴拿马启航，梦想着去征服拥有500万人口的印加帝国。

皮萨罗花费了一年多时间才登上陆地，当他带领177人和62匹马向卡哈马卡城进发，却发现印加国王阿塔瓦尔帕本亲率4万军队驻守在此。不可思议的是，他们竟然挡不住火枪、马匹和诡计的冲击，奸猾的皮萨罗诱捕了印加王阿塔瓦尔帕本，并在索要了满满一屋子的黄金作为赎金以后将其杀害。

值得一提的是，这则故事曾作为一道智力测验题出现在科幻电影《后天》里面。第二年，皮萨罗亲自率领西班牙军队顺利开进印加古都库斯科。"太阳之子"的帝国就此终结，"国王之城"——利马在太平洋岸边随之诞生。此后，在秘鲁成为西班牙在美洲最富庶的殖民地的同时，利马也成为西属美洲的行政中心。

皮萨罗的征服间接成就了美国历史学家普雷斯科特，他以两部巨著《秘鲁征服史》和《墨西哥征服史》传世。20世纪40年代，当年轻的墨西哥诗人奥克塔维奥·帕斯到新英格兰的一座山头拜访美国诗坛元老罗伯特·弗罗斯特时，他们热烈地谈论起阅读这两部著作的感受。

有意思的是，离库斯科不远的另一座更为古老的印加古城——马丘比丘遗址，其题材也广为异国文人所用，智利诗人帕勃罗·聂鲁达以《诗歌总集》赢得广泛持久的声誉，包括诺贝尔文学奖，批评家一致认为，这部政治史诗以第二章《马丘比丘之巅》写得最为出色。

正当我沉湎于从远古到现代的怀想，空中小姐开始发放晚餐了。南美人的饮食习惯和欧洲人有诸多相似，比较大的不同或许在于时间上推迟，晚上9点钟吃晚饭对他们来说是正常的。另外，对威士忌和白兰地的嗜好也被朗姆酒所替代。一切都显得那么平常，但是，当飞机穿越南纬13度的时候，突然出现了险情。

可以毫不夸张地说，我们在几秒钟的时间里没有防备地下坠了数百米。正在给我的前座加饮料的空姐摔倒在甬道上，机舱里一片惊慌失措，所有人的心都提到了嗓子眼儿，在那一瞬间我的头脑里一片真空。幸好不一会儿，飞机又恢复了平衡，机长解释说，刚才遇到了强大的气流。可是，当我打开窗板，外面依然是繁星满天。

5　的的喀喀湖

南纬13度，那正好是印加帝国古都库斯科和马丘比丘之间。当时还不知道，15年以后，我将获邀参加利马诗歌节，又一次造访秘鲁，并且有机会游览这两处神秘的地方。尤其是马丘比丘，仿佛是地球上最难抵达的景点，且听我下面慢慢道来。

2016年春天，我刚好接到邀请，到美国达拉斯的北得克萨斯大学参加一个数论会议，顺道去了利马。从达拉斯到利马又是一个"红眼航班"，这回是美国航空的直飞班机。利马是太平洋东岸唯一的首都，却是一座无雨之都。3年前来机场接我的朋友浩亮说他来利马好几年了，

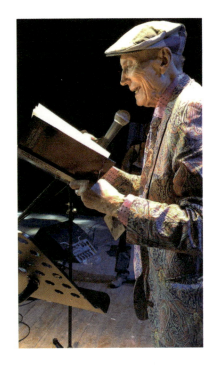

叶夫图申科在朗诵。
作者摄

尚未见过下一场雨。可不,利马的年平均降雨量大约在10—15毫米,甚至少于撒哈拉沙漠的边缘城市开罗。一年四季,不见雷鸣电闪,也没有疾风暴雨,结冰、下雪更是闻所未闻。

这次利马诗歌节期间,我见到了不少诗歌界新老朋友,还结识了83岁的俄罗斯著名诗人叶夫图申科和他的第四任夫人。他出生在贝加尔湖畔的伊尔库茨克,从母姓,外公是莫斯科大学的数学教授,曾被邀请去给苏共党校上数学课,赫鲁晓夫是他的听众。因此赫鲁晓夫后来见到叶夫图申科时开玩笑说:你是我最喜爱的苏联诗人,但不是我最爱的叶夫图申科。

作者与各国诗人、志愿者

叶夫图申科成名以后,经常被邀请到西方朗诵诗歌,后来干脆定居美国。1972年美国总统尼克松首次访华前夕,曾专门邀请他去白宫,向他请教如果自己去中国访问的话,莫斯科方面会有什么反应,同时请他推荐了解苏联的书籍。那一年,叶夫图申科的头像上了《时代》周刊的封面。遗憾的是,利马诗歌节后第二年的愚人节,叶夫图申科便与世长辞了。

利马诗歌节结束后,我独自去往高原之都拉巴斯,途中飞越了慕名已久的的的喀喀湖,这个淡水湖的面积约为青海湖的2倍,海拔3800多米,是世界上海拔最高的大淡水湖,储水量在南美位居第3(面积仅次于委内瑞拉的马拉开波湖和巴西的帕图斯潟湖),位于秘鲁和玻利维亚两国交界处的安第斯山中。湖水湛蓝,在天空看下去途中的几座小岛也很美,给我带来诗的灵感。

从空中俯拍的的喀喀湖。作者摄

的的喀喀湖

在利马候机时
天空已乌云密布

库斯科在左侧
仅仅在航路图上

看不见蓝色的天空
只见到深蓝的湖水

假如,真的有愚公

搬走那些岩石和泥土

湖水也会悬于空中
威力胜过南极的冰川

2016,利马—拉巴斯

　　的的喀喀湖被印第安人视为圣湖,周边地区仍较好保持了印第安社会的风貌。作为"殷人东渡"的一个旁证,当地人称,湖的真实名字是"弟弟哥哥湖"。相传很久以前,来自中国的兄弟俩发现了这个迷人的湖泊,从此安顿下来。他们的大伯则去了东南一个较小的叫"波波"(伯伯)的湖边扎根,虽说"较小",其面积比我们的太湖还要大。

两位玻利维亚诗人和作家。作者摄

很快我们进入了玻利维亚的领空,飞行高度随之降低,辽阔的草原上可见羊群和牛群。玻利维亚也曾是印加帝国的一部分,沦为西班牙殖民地以后一度被称为上秘鲁,不过却隶属拉普拉塔总督区。19世纪它被玻利瓦尔解放,故1825年宣布独立时以这位解放者的名字命名,比哥伦比亚以哥伦布命名要早36年。玻利维亚与巴拉圭是南美洲仅有的两个没有海岸线的国家,不过巴拉圭可以依靠巴拉圭河出海。

抵达拉巴斯以后,我在海拔4000多米高的机场稍作停留,发现身体无恙后,才搭乘出租车前往市区。多年以后,我在拉萨有过高原反应,想来是因为那时候我还比较清瘦,却在抵达的当晚就喝酒吃肉。这次我住在热情好客的女诗人维罗妮卡家,当晚她亲自下厨,还邀请了两位年长的诗人和两位年轻的小说家为我接风。当晚我喝的是加古柯叶的白水,维罗妮卡说那能防止高原反应,果然是有效的。

翌日,我独自去逛街,路过玻利维亚最高学府——圣安德烈斯大学,被数学系主任请到办公室喝咖啡聊天。校园里有格瓦拉画像,这位阿根廷革命者当年就死在玻利维亚的热带丛林里。午后我如约与昨晚认识的两位国家文学奖得主、作家丹尼尔和罗德里格斯在议会广场会合,他们陪我游览,我对弗朗西斯科教堂附设的博物馆印象深刻,其建筑和装饰凸显了西班牙风格的精华。我们还去市场选购了羊驼织品。他们中的某一位未来是否会赢得诺贝尔奖呢?在拉美无法排除这一可能性。

第三天,我告别了维罗妮卡和拉巴斯,乘巴士去的的喀喀湖边的小镇科帕卡巴纳,从那里坐船返回秘鲁的普诺

的的喀喀湖畔的金姬。作者摄

省。两国之间居然没有海关官员,两条稻草绳子算是国界。之后,我马不停蹄上了一辆去省会普诺的中巴。接下来的2个多小时里,我们沿着湖西北上,一路都是迷人的田园风光,且多是牧场。

我在普诺唯一的夜晚,首次品尝到鲜嫩美味的羊驼肉。翌日早上,我沿一条小巷行走,遇见一个5岁的小女孩,她一手扶着家门,一手拎着盛满印加可乐的塑料袋。我为她拍摄了几幅照片,起初她有点紧张,但在用西班牙语聊了几句以后,便进入了角色。当我来到湖边码头,却对搭乘草船上岛没了兴趣,原本那是每天数以千计的西方游客来到普诺,体验印第安人生活的一大诱因。

6　马丘比丘之巅

毋庸讳言,我的目的地是马丘比丘,而古都库斯科是必经之地。从利马到库斯科的直线距离不过400多公里,但由于中间是高低起伏的安第斯山,因此只能坐飞机。从普诺到库斯科是有火车的,且一路风光无限,可惜我的时间不够。只好按原计划,坐巴士去胡利亚卡,再从那里搭乘唯一的航班去库斯科。

飞抵库斯科后,我立刻去了汽车站,再与人拼车去60公里外的小镇欧雁台,那里有火车到马丘比丘山下的热水镇,库斯科就等回程再游览。在友人建议之前,一个月前

作者在马丘比丘

火车上看见的风光。作者摄

我便已在网上买好火车票和门票。虽只有130公里，来回车票却需要200多美元。当晚我投宿在欧雁台的中心广场，这座小镇景色宜人，处于群山的环抱之中。

我对那列驶往热水镇的蓝色专列记忆犹新，共有A、B、C三节车厢，上头开着天窗，座位的舒适度犹似中国高铁的头等车厢，不过却是单轨，来往列车在固定地点交会，车速不快不慢，约需1个半小时。幸运的是，我及时发现A车厢第一排有个空位，与小包厢里的司机并列，因此拍到了全景图。

马丘比丘是南美洲，也可能是整个美洲，甚或是全世界最令人神往的风景,它与墨西哥尤卡坦的奇琴伊察和巴西里约热内卢的基督像同列为"世界新七大奇迹",相比而言,那两处地方较容易抵达。马丘比丘的发音也很好听,智利诗人聂鲁达赞颂它的诗篇《马丘比丘之巅》如雷贯耳,是他的巨著《诗歌总集》中的第二部,他因此获得了1971年诺贝尔文学奖。

到达热水镇以后,我又排队乘坐专用巴士,沿盘山公路上山。马丘比丘海拔不到2500米,比库斯科约低1000米,欧雁台和热水镇海拔分别是2800米和2000米,因此前面两段是下坡,最后一段却是上坡。当我们来到马丘比丘入口,只见人头攒动,这一幕在中国的许多景点十分常见,但在国外甚为少见。好在里面的空间比我想象的要大,进入以后人流迅速分散了。

> 生灵就像玉米,从过去事物的
> 无尽谷仓中,脱粒而出

这是《马丘比丘之巅》中的诗句。一座独秀峰下,一块草地上,一堆没有屋顶的石头房子,这一幕早已闻名遐迩,如同埃及的金字塔或中国的长城。可是,没有踏上那片9万平方米的山冈,恐怕是体验不到历史的沧桑感的。马丘比丘坐落在陡峭而狭窄的山脊上,旁边高达600多米的垂直悬崖下是亚马孙河的源流之一——乌鲁班巴河,后者也是库斯科所在的山谷的名字。

站在高坡上眺望,游人分成许多小组,跟随着讲西班牙语或英语的导游,他们讲述着石头的故事,最大的石块

停在轨道上的列车。作者摄

去马丘比丘的火车上。作者摄

属于神庙而非国王的居所。有几只白色的羊驼放牧在草地上，人们争相与之合影。周围是更高的山峰，其中一座也对游人开放。途中还看到一位美国青年求婚成功，大家报以热烈的掌声，还有一位以色列女子体操队员在悬崖边做起倒立动作。

1911年，耶鲁大学的考古学家宾厄姆找到了传说中的马丘比丘，他称之为"失落之城"，这个判断有误。现在学者们认定马丘比丘是在1450年左右由印加国王帕查库蒂下令建筑的，他与那位被西班牙探险家皮萨罗杀害的国王相隔了五代。马丘比丘只有宫殿、庙宇和维护人员住的房子，它很可能是国王的别墅。

在印第安语里，马丘比丘的意思是古老的山巅。据说当年，宾厄姆骑着骡子跋涉在安第斯山的羊肠小道上。渐渐地，他的随行人员失去信心。有一天，宾厄姆无意中听店主说起某座山头有一片废墟，于是又点燃了希望。可是同行学者里没有一个愿意跟随，他只好请店主和一位当地青年陪同。沿途的荒山野岭让他震惊，他在笔记里这样写道：

> 在我所知晓的世界，没有任何地方能与这景色媲美。云雾缭绕的雪峰，金光闪闪、奔腾咆哮的急流，婀娜多姿的巨大花岗岩峭壁……还有许多种兰花和蕨类植物，一种难以言表的神秘魅力……突然间，我发现面前是印加最好的石建房屋的残垣。由于数百年来生长的树木和青苔的遮挡，很难看见它们。石料都经过精心雕琢，巧妙地砌在一起。简直是难以置信的梦境。

美国考古学家宾厄姆

两年以后,即1913年,美国《国家地理》杂志4月号整期对马丘比丘做了介绍,马丘比丘一举成名。直到100多年以后的今天,每天仍有成千上万的游客从库斯科或欧雁台坐火车来看马丘比丘。从午时的喧嚣到黄昏人群散尽后的平静,那种强烈的对比,让人在怀古的幽思中保留一份虚空。一个曾经辉煌的文明,消失得如此彻底,不得不令人唏嘘。

7 到达圣地亚哥

回到当下——随着利马在飞机引擎的轰鸣声中远去,我们即将进入一片新的水域(南太平洋在此拐了一个弯)。这注定是一次无法实现的会晤,我只能在睡梦中感觉那片浩瀚波涛的存在,晚餐时的惊魂一幕暂且被遗忘了。海上捷径付出的代价是，我们错过了那个与名字一样美丽的湖泊——的的喀喀湖。

当早晨的阳光从机舱左侧的窗户投射进来，飞机已进入又一块陆地的上空，那正是世界上最狭长的国家——智利。智利北部是1000多公里长的阿塔卡马沙漠，它延伸到周边的秘鲁、玻利维亚和阿根廷，是世界上最干燥的地区。其中智利西北部滨海小镇阿里卡在1903年10月至1918年1月间没有任何降雨，创造了世界之最。

稍后，机翼下方一片银装素裹，如同我上一次旅行时所发现的：像版画一般，那自然是安第斯山。不一会儿，我们便到达了又一座南美名城——智利首都圣地亚哥。在西班牙西北部加利西亚自治区也有一座同名城市，那是拉科鲁尼亚省省会。后者因为有圣徒詹姆斯的坟墓，而成为基督教徒仅次于耶路撒冷和罗马的朝圣地。其实，到此为止我走过的安第斯山及其西侧的海岸仍属于古代印加帝国

智利国家民俗馆。
作者摄

的版图。

处于南纬33度的圣地亚哥此时正值夏末初秋,早晨的气温在15摄氏度左右。我乘坐大巴到达市中心的圣卢西亚广场,找到附近一家价格实惠的家庭旅店,店主夫妇及其长女轮流当接待员。虽说当年南美洲的两个解放者玻利瓦尔和圣马丁并未就建立联邦取得一致意见,但这块大陆的居民相互之间串门一般不需要签证,这里的旅客主要来自邻国阿根廷和玻利维亚。

休息一会儿后,我洗了个热水澡,便到附近的步行街去兑换比索。那时智利和阿根廷的经济尚未滑坡,包括美利坚在内的西方国家也对它们的公民敞开大门,物价自然不菲,机场大巴票价6美元就说明了问题。考虑到这一次没有机会去复活节岛(它与智利本土的距离远得不可想象),我去参观了一家民俗博物馆。

那是一幢独立的气度不凡的建筑,四周被冬青树和草地环绕,并栽有几棵棕榈,这在相同纬度的北半球很少见到,可见南北半球气候并不具有完全的对称性。大门外面有一尊约4米高的石像,高鼻梁、宽额头、大嘴巴,一句话,脑袋奇大无比,这正是典型的复活节岛(当地人称为拉帕·努伊岛)上后期石像。石像的头顶平坦,通常放置着被称为普卡的圆柱形头冠,可是眼前的这一尊没有。

由于石像重数十吨,不容易被盗走,目前所知流落在外的仅4座,其中圣地亚哥占有3座,另一座在伦敦的大英博物馆。除此以外,巴黎还有一颗石像头。这些表情严肃的石像究竟来自何方,它们的雕刻者又是谁?含意何在?无人能够知晓。聂鲁达在《诗歌总集》第十四章"大洋"

智利街景：打盹的店主。《经济观察报》供图

里歌颂了拉帕·努伊岛上石像的建造者，称他们有着化石的脸和大洋的皮肤，以及祖国庄严的孤独。

离开博物馆以后，我忽然萌生出一个念头，想去参观一下智利外交部。当年，火车司机的儿子聂鲁达为了有机会出国，毛遂自荐去做领事。23岁的他在一位朋友的陪同下，冒昧地闯进外交部部长的办公室，没想到他竟然如愿以偿，被派往地球仪的背面——缅甸当时的首都仰光，从此步入了外交界，直到出任驻法大使。这为他的诗歌写作和诗名的传播起到了关键作用。

遗憾的是，我最后找到的是教育部而非外交部。果然，智利教育部没有设置门岗什么的，任何人都可以长驱直入，如同我后来游历过的欧洲小国安道尔一样。位于西班牙和法国之间比利牛斯山谷中的小公国安道尔以旅游业为主要经济收入，甚至总统府也对游客敞开大门，任何人可以直接闯入其中。

8　聂鲁达故居

翌日午后，我去参观聂鲁达的故居。在智利，诗人有三处故居被用作博物馆，圣地亚哥的只是其中之一，另外两处在海港城市瓦尔帕莱索和黑岛。我已不记得故居所在街道的名字和周边的环境了，只记得那是一个大院子，进门以后有一个卡通片造型的诗人肖像，披着一件白色的风衣，与真人一般大小，游客喜欢站在旁边留影。

院中有一座二层楼房，木制的梯子建在户外，周围被绿色的青藤环绕。我随着其他游客小心翼翼地爬到楼上，那里摆放着诗人生前用过的各种用品，尤以那枚诺贝尔文学奖的奖章引人注目。这枚放在玻璃橱窗内的圆形奖章直径大约5厘米，可能是由于年代久远，显得色泽灰暗。

1904年，聂鲁达出生在智利南方小镇帕拉尔，那里离圣地亚哥有300多公里，与2010年2月那场8.8级的大地震中心相距不远。帕拉尔属于潮湿多雾的森林地带，雨水充沛，河流纵横。虽说世界上最干旱的地区在智利北方的阿里卡，那里经常连续几年无雨；可是，世界上降水最多的地方也在智利，正是帕拉尔附近的菲利克斯湾，平均每年有325天下雨。

安第斯山麓的圣地亚哥

或许是这些绵绵不绝的雨水造就了聂鲁达多愁善感的气质,他擅长写爱情诗,并以《二十首情诗和一支绝望的歌》成名。虽然诗人后来以一部政治史诗《诗歌总集》赢得诺贝尔奖,可是他最为世人传诵的诗句恐怕仍是:Es tan corto al amor, y es tan largo el olvido。(爱情是如此地短暂,而遗忘又是那样地久长。)值得一提的是,西语诗歌里经常出现olvido(遗忘)这个词。

1973年9月11日,即聂鲁达获诺贝尔文学奖两年后,在美国政府的策动下,智利发生右翼军人的流血政变,聂鲁达的密友、民选的阿连德总统被推翻,那一天是智利的"9·11"。两周以后,聂鲁达死于癌症,被圣地亚哥的军人政权草草下葬。在士兵的包围下,智利的民众为他举行了肃杀而悲凉的葬礼。

聂鲁达去世后,其作品几乎完全为皮诺切特将军所禁,

聂鲁达故居,一片枯叶飘落在诗人塑像的额头上。作者摄

后者领导的独裁政府改尊另一位诗人加布里埃拉·米斯特拉尔为"国母"和智利的文化偶像。可是,米斯特拉尔本人非常低调,我在圣地亚哥找不到她的踪迹,唯有5000比索面值的纸币上印着她的肖像,那张端庄凝重的脸上混杂着西班牙人、巴斯克人和印第安人的血统。

米斯特拉尔出生在智利北部,比聂鲁达年长15岁,做过女子中学校长、大学教授和外交官。她以一组《死的十四行诗》奠定文学地位,后来成为拉丁美洲第一项诺贝尔桂冠的获得者,这组诗是对她年轻时自杀身亡的恋人的悼念。因为这场悲剧,女诗人终生未嫁。

我沿着马波丘河岸漫步,泛黄的河水浅显而湍急,有一座跨越两岸的廊桥引起我的注意,桥上有一家咖啡馆。晚餐以后,我散步到旅店附近的一家五星级宾馆,从前台的服务生那里索要了一份圣地亚哥指南,没想到他以为我

马波丘河上的廊桥，桥上有一家咖啡馆。作者摄

是住店的日本商人，当即拨通了一家叫卢卡斯的夜总会的电话。

10分钟以后，开来了一辆黑色的林肯轿车，戴白色手套的司机把我领进后座，里面的电视画面清晰诱人，还有两位靓丽的迎宾小姐。虽说明日是我的生日（如果按中国时间已经到来），但我并没有因此打算度过奢侈的一夜。可是，我已经没有任何退路。这是我第一次乘坐豪华轿车，超长的空间令人想入非非，当然是免费乘坐了。

卢卡斯其实是一家有脱衣舞表演的酒吧，规模之大犹如一座宫殿。那个夜晚最令我印象深刻的记忆是，一位清纯美丽的少女穿着一件白色的紧身长裤，赤裸着上身从几十米长的大厅中央昂首走过，脸上没有任何表情，仿佛是一场前卫的时装秀。当她以一个优美的姿态转身回眸，整个大厅里鸦雀无声。

9　瓦尔帕莱索

在智利的最后一天恰逢我的生日——3月3日，这也是我在南半球度过的第一个生日。上午9点，艳阳高照，我步行来到圣卢西亚广场，那里有一辆大巴即将开往海港城市瓦尔帕莱索。如同杭州有"西湖一日游"和"千岛湖一日游"一样，圣地亚哥也有"海港一日游"。对我来说，主动参加旅行社组织的游览活动，还是平生头一次。

从圣地亚哥到海边的直线距离并不遥远，可是由于山路弯弯，到瓦尔帕莱索的公路里程有100多公里。我一边想象着当年聂鲁达经常乘坐的窄轨火车，一面听导游和邻座滔滔不绝地讲述葡萄的栽培和葡萄酒的酿造工艺。随着海拔高度的不断下降和气温的上升，面貌一新的山谷接连

瓦尔帕莱索的
聂鲁达故居

南太平洋之滨的瓦尔帕莱索。作者摄

出现,不可思议的是,它竟然依次分成了蔬菜、葡萄、森林和渔业四个经济带。

一个半小时以后,我们到达海边的最后一座山头,从山顶可以清晰地看见南太平洋。这是我第一次在陆上见到它,不由我想起日本的伊豆、中国台湾的宜兰、美国加州中部的卡梅尔和加拿大的温哥华,那几处地方也是建在太平洋海边的崖石上。作为首都圣地亚哥的外港,瓦尔帕莱索与希腊雅典的外港比雷埃夫斯颇为相似,只不过后者是一片平坦的土地,而前者依着陡峭的山势修建。

沿着海滨行走,我发现几乎每户人家的屋顶都与邻居家的地基持平,聂鲁达在诗中称它是"一座向天上延伸的城市"。以他的故居为例,远看有好几层,其实每层都直接连着地面。可以毫不夸张地说,从瓦尔帕莱索的任何地方,都可以看到美丽的海上日落。黄昏时分,这座山城的每幢房子都沉浸在金色的余晖中。不过,这只是瓦尔帕莱索被联合国教科文组织列入世界文化遗产的一个原因。

在连接太平洋和大西洋的巴拿马运河开通以前,瓦尔帕莱索一直是世界上最繁忙的港口之一,从美东开往美西或亚洲的船只在绕过麦哲伦海峡后,通常要在此停靠,包括达尔文乘坐的"比格尔号"考察船。那是在1835年,这位英国生物学家花了24天从港口徒步旅行到圣地亚哥。随着美国西部淘金热的兴起,这里又成为从美洲西海岸通往欧洲的船只必然停靠的补给港。

正是凭借着这种天然的地理优势,加上秘鲁铜矿和银矿的发现,瓦尔帕莱索逐渐从小渔村发展成为海港城市。繁忙的运输业给城市带来了大量的财富,同时也带来了西班牙、英国和德国的移民，他们把自己国家不同的建筑风格呈现在这座城市的大街小巷里。而随着1915年巴拿马运河开通，瓦尔帕莱索失去了太平洋西岸主要海港的优越地位，它又十分幸运地没有成为一座过分拥挤的现代化都市。

10　玛丽安娜的爱情

离开圣地亚哥的那天早上，我来到一座以音乐家约翰·塞巴斯蒂安·巴赫命名的广场，广场中央竖立着一尊克里斯多夫·哥伦布的塑像。美洲是由这位意大利人发现而用另一位意大利人（阿美利哥·维斯普西）的名字命名的，可是这块大陆却没有意大利人的殖民地。或许，这是一种飘逸的艺术气质使然，意大利人更像开拓者而不是殖民者。

巴赫广场的一侧是国立美术馆，虽然旅居欧洲的智利人中也有一位早期的超现实主义画家——马塔，他后来移居美国，又成为抽象表现主义的代表人物，超前地描绘了一种不可思议的星球大战和机器人的战争。不过，这座美术馆里最引人注目的藏品却是一幅叫《旅行者》的写实作品，作者是出生在瓦尔帕莱索的卡米诺·莫里。画中一位少女头戴贝雷帽，系着红蓝相间的围巾，手里握着一本书，略带忧郁地坐在火车上。我相信，正是这种与通常的旅行者有所区别的姿态吸引了观众。

午后，当飞机再度升入天空，我又一次清晰地看见山中的积雪。不同的是，这次我只用20分钟便穿越了安第斯山，进入阿根廷的西部。随着地面海拔高度的不断下降，

巴拉那河边的玛丽安娜。作者摄

绿油油的平原逐渐铺开来,纵横交错的田埂伴随着色彩浓淡不一的庄稼呈现在眼前,然后是一望无际的潘帕斯草原。阿根廷的两座名城科尔多瓦和罗萨里奥均在航路图的北侧,唯有一座叫胡宁的小镇在机翼下方显现。

胡宁——这个名字听起来好耳熟,仔细回忆,那不正是出现在阿根廷诗人博尔赫斯的诗歌《墓志铭》里的地方吗?这首献给他外祖父的诗歌写的正是胡宁战役。可是它并不是眼下的胡宁,诗中的胡宁是秘鲁中部的一个省。眼下的胡宁镇人口虽少,却有艾薇塔·贝隆这样的名人出生在它郊外一座叫洛斯托尔多斯的小村落。

不久飞机便开始下降,从布宜诺斯艾利斯这座南美最欧化的城市边沿飞过。尽管那天一路晴空万里,位于南郊的国际机场上空却是乌云密布,飞机盘旋了许久,才突然下决心穿透云层。这与我5个月前初访阿根廷的那次降落如出一辙,只不过这回飞机偏小,加上几天前飞越印加帝国遗址的恐怖阴影未消，心想以后再也不敢乘坐智利航空的班机了。

在布宜诺斯艾利斯短暂的换机时间里，我与一位名叫玛丽安娜的女诗人通了话，这也是我在美洲最后一次使用电话。她因爱慕一位乌拉圭女诗人自费前往罗萨里奥诗歌节，我们便是在那里相识。在我回到中国以后不久，还收到了她寄来的阿根廷女诗人皮扎尼克的传记。玛丽安娜那年28岁，已经有固定的男友，而那位来自乌拉圭蒙得维的亚的女诗人已年近花甲。

在那座诞生过切·格瓦拉的城市（还有足球天才梅西，不过那会儿他才13岁），玛丽安娜告诉我，她内心渴望着与她的偶像之间水乳交融的美妙景象，并和我说起她每次渡过拉普拉塔河时那份忐忑不安的心情，想必是被她的梦中情人的诗给迷住了。我曾为她俩拍过一张合影，两个年纪相差30岁的女人之间有一种说不清道不明的情愫。

当玛丽安娜得知我在布宜诺斯艾利斯逗留的时间只有

皮扎尼克自画像

两个小时，连声说遗憾，我们无法预知下一次见面的日期。她不会说西班牙语以外的语言，而我的西班牙语也会随着美洲的渐渐远去而退化。也就是说，即使我们将来有机会见到，也可能无法交流了。不过由于那本皮扎尼克的传记，加上之前我购买的《皮扎尼克诗歌全集》，足以让我为汉语诗歌译介一位新的重要诗人。

回国后，我尝试翻译了皮扎尼克的诗歌，她的中文名字也是我首译的，没想到引起了同道关注，网络社区平台豆瓣里甚至有了关于皮扎尼克的小组。2003年，我出版了译诗集《美洲译诗文选》，其中收录皮扎尼克的36首诗。殊为难得的是，我以"阿根廷诗人博尔赫斯和皮扎尼克诗歌研究"为题独立申请并获批国家社会科学基金项目，后来还被浙江大学外国语学院用作申报博士点的材料。

2019年，"90后"译者汪天艾博士出版了皮扎尼克译诗集《夜的命名术》，她在杭州领取单向文学奖翻译奖时发表获奖感言，说她第一次读到皮扎尼克的诗正是我的译诗，从那时起她便对皮扎尼克产生了浓厚兴趣。如今，皮扎尼克去世已50周年，她的诗集进入了出版的公共领域。或许将来有一天，我会尝试翻译她的诗歌全集。

V

从美洲到大洋洲

试想人的荣光会在何处开始和结束
我的荣光在于拥有你们这样的朋友
——(爱尔兰)W. B. 叶芝

1 我飞进了南极圈

在候机大厅里，我遇见了一批马来西亚航空公司的乘客，他们乘坐的飞机将经停南非的开普敦和约翰内斯堡飞往吉隆坡，这条航线与全日空开辟的从东京经停洛杉矶或纽约到圣保罗的航线是那时仅有的两条连接南美和亚洲的航线。子夜时分，我爬上了一架双层的波音747客机。

这个庞然大物由阿根廷航空和澳洲航空联合经营，客机的下层全是经济舱。它将把我载往大洋洲——我尚未探索的两个大洲之一。（另一个是非洲，此后的岁月里我有幸8次造访。）离开美洲大陆前的最后一刻，我又一次回忆起这一年遇到的各式各样的人物，尤其是在哥伦比亚的那些日日夜夜，许多或甜蜜或辛酸的往事涌上心头。

就像十多年前我从上海出发去美国一样，飞机并不走地图上的直线，而是向南偏西方向飞行，毕竟，地球是椭球形的。因此，我原先想象的10个小时里两次横穿美洲大陆的情景并没有出现。接下来的约3个小时里，飞机相继穿越了潘帕斯草原和巴塔哥尼亚高原的边缘地带，前者在印第安语里的本义是无树大草原，后者在葡萄牙语里的意思是大足。据说当年麦哲伦第一次来到这里，见当地人因裹着兽皮在雪地上留下很大的脚印而命名之。不过今天，如果你在南美甚或欧洲的任何一家餐馆说出巴塔哥尼亚（Patagonia）这个词，那就意味着一种美味的烤肉。令人欣喜的事还在后头，随着大西洋的再度出现，飞机穿过了马尔维纳斯群岛（英称福克兰群岛）所处的纬度，逐渐逼近了美洲大陆的最南端：麦哲伦海峡和火地岛。

巴塔哥尼亚高原

虽说西班牙在美洲拥有最多的殖民地,可是,当初替西班牙人卖命开拓疆域的却是两个不得志的外国人,一个是意大利人哥伦布,另一个便是葡萄牙人麦哲伦。早年麦哲伦参加葡萄牙的远征军在印度作战,包括攻占马六甲海峡之役,后又在与摩洛哥人的战争中受伤,终身跛脚。回国后麦哲伦两次上奏国王要求晋级和增加年金,均遭拒绝,愤慨之余他放弃葡萄牙国籍转投西班牙国王。

1520年,麦哲伦率领的西班牙船队穿过了如今以他名字命名的海峡,见到南岸印第安人燃烧的篝火,因此称其为火地岛。这座岛屿的面积不大,分成东西两个部分,分别隶属阿根廷和智利,其中西区拥有美洲大陆的最南端合恩角,东区的首府乌斯怀亚则是世界上最南的城市,那里停泊着一艘首航南极的"英雄号"帆船,成为旅行者必到的地方。

巴塔哥尼亚高原上的冰川

1820年,正是从乌斯怀亚出发,美国人帕尔默乘坐"英雄号"帆船率先抵达了南极洲,见到了如今以他名字命名的一片海岸,它位于南极洲最大的南极半岛北侧,与火地岛仅仅相隔一个(德雷克)海峡。不久帕尔默从商,并在南美独立战争中为玻利瓦尔的军队运输过军队和给养,此乃后话。

从屏幕上看,南极半岛几乎与我们这架航班擦肩而过,我相信,如果是白天的话,应该可以看见。至于到达南极则要困难得多,那里离帕尔默抵达之处尚有3000多公里,一年里有大半时间全天处于黑暗之中。值得一提的是,"抵达南极点"这个本该由美洲人完成的壮举,却被挪威探险家阿蒙森完成了。2004年秋天,我有幸参观了毗邻奥斯陆峡湾的阿蒙森纪念馆,见到了当年将他送往南极的帆船和狗拉雪橇。

摩纳哥发行的麦哲伦环球航行500周年纪念邮票

2 从阿根廷到新西兰

  出生在北纬60度附近的阿蒙森原先向往的是北极，可是，当他于1909年计划去那里时，却得知美国人皮里已经捷足先登，于当年4月完成了到达北极的壮举，他不得已改变计划去南极探险。两年以后的春天，阿蒙森带着4名同伴和52只狗，乘坐北欧人擅长的雪橇，从世界上纬度最南的水域——鲸湾出发，历时53天抵达南极。

  与帕尔默不一样的是，即便是大功告成以后，阿蒙森仍钟情于探险事业。1928年，当一位意大利工程师乘坐飞艇在隶属挪威的斯匹次卑尔根群岛（离北极不远）附近失事，他毅然前往营救，不幸罹难。如今，阿蒙森与戏剧家易卜生、音乐家格里格、艺术家蒙克和数学家阿贝尔一样，成为最让同胞骄傲和最受爱戴的挪威人。

  离开合恩角以后，飞机到达了广袤无际的太平洋水域，当它飞临此次航程的最南端，已经进入了南极圈内。此时此刻，绝大多数旅客均已进入甜蜜的梦乡，由于与地球自

V 从美洲到大洋洲ǀ 165

挪威探险家阿蒙森

转的方向相反,这又是一个超长的夜晚。包括复活节岛、塔希提岛和库克群岛在内的一长串地名远远偏离了我们的航线,这些岛屿也不在麦哲伦环球航行的路线上,而是在他之后大约一个世纪,才被其他西方探险家陆续发现的。

以上提到的人名和地名,如同那些科学史上的伟大定律一样,令人叹为观止。当我一觉醒来,天刚好蒙蒙亮,飞机已过了国际日期变更线。我的邻座是一位去新西兰旅游的巴拉圭青年律师,他的名字叫埃德加,家住巴拉圭河边的首都亚松森。作为马黛茶(又称巴拉圭茶)真正的故乡,巴拉圭也是美洲仅有的两个内陆国家之一,另一个是玻利维亚,后者因为一处狭小的出海口与智利有领土争议。

埃德加渴望去中国旅行,他给我留了一张名片,希望我下次到南美的时候能去巴拉圭。应我的要求,埃德加还赠送了我几枚巴拉圭硬币作纪念,那是一种叫瓜拉尼的货币,而瓜拉尼原是印第安人的一个部落。

巴拉圭人几乎全是西班牙人和瓜拉尼人通婚的后代，印欧混血儿在全国占到90%，这在美洲国家中高居榜首。埃德加还告诉我，在19世纪与巴西、乌拉圭和阿根廷这三个强大邻国的那场战争中，绝大多数巴拉圭男人战死，当时全国只剩下2万多名男子。

显而易见，我和埃德加之间的交流超越了政治的障碍——巴拉圭从未与中国建交。后来我遇到过几位台湾同胞，果然，在大陆知名度不高的巴拉圭在海峡对岸家喻户晓。可是无论如何，我也想象不出将来访问埃德加故乡的可能性，即便是阿根廷人切·格瓦拉，也在穿越美洲大陆的三次旅行中唯独错过了巴拉圭。

就在我和埃德加闲聊之际，飞机已穿过隶属新西兰的查塔姆群岛和东经180度，原来，国际日期变更线在此偏向东面是为了把这座群岛划分到与主岛同一时区里。遗憾的是，飞机没有经过世界上最南的首都惠灵顿，而是从东南方向进入北岛的中部。十几分钟后，飞机再次飞临一个叫豪拉基的海湾，海湾中间有一座比新加坡国土还大的怀希克岛，正是国人所称的激流岛。

阿蒙森和队友在南极

回想1993年圣诞节前夕，我正在太平洋彼岸的洛杉矶，闻讯中国诗人顾城在这座岛上与妻子谢烨同归于尽，甚感意外。同时也深深地遗憾，与他齐名的几位朦胧诗人我都在旅途中一一认识了。最后，经过整整12个小时的飞行，飞机终于在新西兰时间早晨5点降落在海湾西端的奥克兰国际机场。机窗正对着东方，我看见日出像一面大钟，在天边悬挂着。

3 塔斯曼和毛利人

在飞机降落奥克兰机场的一刹那，我发现这座城市最狭窄处只有几公里宽，那也是整个新西兰北岛最狭窄的地方。城东是邻接太平洋的豪拉基湾，西边是隶属塔斯曼海的马努考港。与出发地布宜诺斯艾利斯相比，奥克兰的纬度更南，它也是我到过的最靠近南极的陆地。依然是南半球的秋天，我看到宽敞明亮的候机大厅里栽种着各式各样高大的植物，旅客却稀稀落落。

忽然之间，我感觉到，与南美的阿根廷一样，新西兰

戴安娜王妃与毛利人
少年行碰鼻子礼

荷兰航海家塔斯曼

也是地球的一个尽头,我们所搭乘的是从东方飞来的唯一的航班。来自亚松森的青年律师埃德加与我握手作别,他和他的4个同伴将在新西兰逗留两个星期,而后再飞往澳大利亚。我们期待着有朝一日在巴拉圭或中国再度相逢,不过那也许需要神的推动。

让我尤其感到兴奋的是,我到达的不仅是一个新的国度和新的大洲,也是波利尼西亚大三角的一个顶点。这个三边几乎全等的三角形另外两个顶点分别是美国的夏威夷群岛和智利的复活节岛,其面积差不多是魔鬼三角(即百慕大三角)的100倍,包括塔希提、萨摩亚和汤加等岛屿均在其中。所谓波利尼西亚人是指这个三角形内的所有原住民,也包含邻近的斐济人和图瓦卢人,新西兰的毛利人自然也在其中。

相传13世纪时,毛利人从塔希提岛移民而至。正如美洲各地的印第安人有着不同的语言和生活习性,波利尼西亚各族人也是如此,能歌善舞的毛利人留给人印象最深刻的当然是他们见面时所行的亲鼻子礼。更有意思的是,毛利语里的辅音字母仅有10个,即h、k、m、n、p、r、t、w、ng、wh,例如,怀希克拼写成Waiheke。

据说奥克兰是全世界毛利人和波利尼西亚人最集中居住的地方,可我却连他们穿的花花绿绿的草裙也没见到。两个小时后,飞机再度升空,这回我们要跨越的是塔斯曼海。虽然这片海的宽度相当于南海的长度,需要在空中飞行两个多小时,但对于刚刚飞越整个美洲大陆和南太平洋的旅客来说,已经算不了什么。

塔斯曼是荷兰最伟大的航海家,正如达·伽马、阿美利哥·维斯普西、库克分别是葡萄牙、意大利、英国最伟大的航海家。有意思的是,最伟大的西班牙航海家哥伦布和麦哲伦都不是西班牙人,或许是作为一种补偿,西班牙才涌现了两位冒险家皮萨罗和科尔特斯,他们分别以征服印加帝国和墨西哥留名。相比之下,法国人则有些匮乏冒险精神,或许正因如此才有了凡尔纳那样的幻想家。

塔斯曼发现了汤加和斐济群岛,他比库克早一个多世

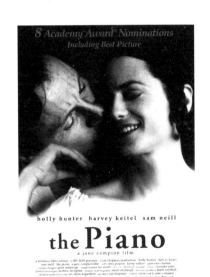

电影《钢琴课》海报

五十天环游世界

纪抵达了新西兰，并与毛利人有过一番激战。除了这片连接新西兰和澳大利亚的海域以外，塔斯曼成为澳大利亚东南角一座岛屿的名字——塔斯马尼亚（Tasmania）。那座岛屿的面积相当于台湾和海南两省的总和。其首府霍巴特则是以在每年岁杪举办长距离的帆船赛闻名，那项赛事的出发港恰好是本次航班的终点站——悉尼。

我想起几年前看过的一部新西兰和澳大利亚合拍的电影《钢琴课》，该片曾获戛纳电影节金棕榈大奖和奥斯卡最佳女演员奖。讲的是哑女埃达被卖到千里之外的新西兰的一座小岛上做邮购新娘，随嫁的还有女儿和一架钢琴，不料不解风情的丈夫却拿她的钢琴换地增产，甚至连老婆都贴给买主当免费钢琴教师，最后自然失去了她。从地图上看，塔斯曼海中屈指可数的岛屿均属于澳大利亚，故而我推想，电影里的岛屿不在此海中。

4　留有衣缝的悉尼

当飞机降落在澳大利亚最大的城市——悉尼，我的老同学卿光在那里迎候。机场建在一处叫植物园湾的海滨，我们随后驱车前往市中心，他的夫人萍和女儿兰都在家，十几年没见，兰已经从一个蹒跚学步的婴儿长成一个大姑娘了。卿光和我大学同班，有两年甚至同居一室，他以一副伶俐的口齿为南方学生赢得了声誉，可惜外语说得磕磕巴巴。（我一直认为，这两者之间有着某种必然的联系。）

没想到的是，卿光最后竟然在英语国家居留下来。在学术方面，他也可谓大器晚成，那会儿仍在新南威尔士大

作者乘船游悉尼港

学做博士后。放下行装,我们出发去参观他的学校,并在他的办公室里查看了电子邮件,那时候还没有MSN或QQ这类聊天工具。当晚,卿光带我去郊外的一家乡村俱乐部,他的用意是想让我了解澳大利亚人的"野蛮"。

这家以威尔士首府加的夫命名的俱乐部,外表装潢朴素,内部陈设也十分简陋,却涌入了大量的酒徒和顾客。俱乐部分内外两个大厅,中间还有门卫站岗,进入内室需购买15澳元(相当于人民币60元)的门票。那也是卿光带我来的目的,不用说他为我掏了腰包,不过我们仍需等待整点时分的来临。

其实,内室一点也不比外间豪华,唯有一艘充足气的直径3米左右的橡皮船仰躺在中央,里面涂上了一层薄薄的泥浆。5分钟以后,出来两个身材高大的女人,她们穿着长袖的衣服和长裤,跳进了橡皮船。接下来的一幕就像两只母鸡的搏斗,直到衣服被一层层剥光,她们的胴体沾满了泥浆,即便凸出的乳房下方也是如此,间或露出几处洁白的肌肤,容易让人联想起罗兰·巴尔特所言"留有衣缝之处"的性的快感。

卿光告诉我,这项肉搏运动起源于英国乡村,后来被移民带到澳大利亚,保留至今。我想起在泥塘里打滚的驻伊拉克美国女兵,还想起麦德林诗歌节期间,一位新西兰诗人谈及他的同胞受强大的邻国欺负时,常会翻出陈年老账,骂他们是囚犯的子孙。原来,直到1787年5月(美国已建国11年),新南威尔士州首任州长才匆匆押送776名英国罪犯到澳大利亚,在悉尼这块地方建立了第一座城市。

19世纪初,悉尼仍只是英国罪犯的拘留地(法国则把罪犯押往南美洲的法属圭亚那)。这座城市建立在一个有着无数港汊的大海湾周围的丘陵之上,占有突出位置的是海湾大桥和南端的歌剧院,此桥是世界上最大的单孔桥梁之一,而歌剧院则以其闪闪发光的贝壳状白色屋顶闻名,与海湾内众多游弋的白帆交相辉映。虽说那位神秘的丹麦设计师从未到过澳大利亚,不过我相信他至少看到过德里荷花寺的照片,两者外形相近而寺庙的历史更为悠久。

翌日上午我在悉尼市中心地带闲逛,海德公园和中国城都是伦敦"同名款",只是这里规模小了许多,用来命名街道和地区的英国名字还有利物浦、温莎、布鲁克林、约克、威廉·詹姆斯。我没有看到几个月前刚刚落幕的2000年夏季奥运会的痕迹,大概那些场馆全在郊外吧。我从达令港出发,乘船游览了海湾,从水面亲近了海湾大桥和歌剧院。随后,卿光带我去了澳大利亚最著名的海水浴场——邦德海滩,以及尖尖的伸入大海的南头。

悉尼的塔斯曼海滨。作者摄

南头（South Head）这个地名虽然有点怪异，却是悉尼的富人区，强风催动波浪拍击岸边的礁石，有几只被主人牵着的小狗颤抖着走过悬崖。傍晚时分，我们穿过海湾大桥，来到了城北，那里居民和游人稀少，却有着无数美丽的小海湾，甚至令我想起波兰裔数学家曼德勃罗的海岸线无限长理论。

阔别18年，我又一次得到机会来到这座水边的澳大利亚名城。华灯初上，我们隔水眺望悉尼的夜景，那可能是澳大利亚最让人难忘的一幕了。在2019年出版的《26城记》里，我以字母顺序讲述了自己游历过而又倾心的26座城，悉尼一度成为S城里的首选，可是后来，还是改为位于巴尔干半岛的萨拉热窝。我计划把悉尼湾列入未来的《26水记》写作计划中。

5　两个大洋的汇合处

2019年秋天,我应邀参加新南威尔士大学举办的第七届澳大利亚数论会议。会议日程原本一周,因为正好赶上国庆长假,行程又被我延长了一周。我先是飞往西澳大利亚的珀斯,做客西澳大学与浙大共建的孔子学院,在学校图书馆一楼的玻璃大厅里,我做了澳大利亚第一场公开讲座《从看见到发现——第三种智慧》。

25日子夜过后,我搭乘新加坡航空的班机,从上海浦东国际机场出发,经停新加坡前往澳大利亚珀斯。从经度上看,珀斯仅在杭州以西5度左右,而纬度是南纬28度,与北纬30度的杭州几乎是对称的。若单纯靠经纬度来推测,两地的气候本该十分接近,但珀斯因为是海洋性气候而比杭州舒适许多(无论是盛夏还是隆冬)。

珀斯是澳大利亚第四大城市,也是西澳大利亚的州府。西澳是澳大利亚最大的州,面积占全澳三分之一(相当于新疆的大约1.5倍),人口占全澳的九分之一,而国民经济几乎占了全澳的一半,这主要依赖于发达的工业和矿业,西澳有五六种金属矿产量位居世界第一。西澳大学属于澳大利亚"八校联盟"之一,主校区位于天鹅河畔,拥有花园般的校园、罗马式的建筑群。

说到天鹅河或斯旺河,它的上游叫埃文河,总长360公里。天鹅河流到珀斯时突然变得十分开阔,变成两个大湖的形状(是否叫天鹅湖不得而知),再与另一支凯宁河相汇,最后注入印度洋。天鹅河(湖)将珀斯分为南北两部分,一边是居民区,另一边是政府、企业和金融机构所在

两个大洋的分界处。作者摄

地,湖畔的国王公园里有各种美丽的鲜花和绿色植物。

翌日下午2点,我的讲座如期在西澳大学主图书馆举行,四周是透明的玻璃。人文学院的副教授托尼博士是活动主持人,与我进行了对话交流。60人的座位满员,其中有邀请我来的孔子学院中方院长徐沁和澳方院长Maggie。讲座期间,还不时有人在玻璃房外驻足。临近结束时,我们还用多种语言朗诵了拙作《幽居之歌》和《每一朵云都有它的名字》中的一些诗歌。之后有点心招待,大家自由聊天。

我来珀斯的第三天,在东道主的建议之下,自费去卢文角一日游。原本还有海岛和天鹅河谷等选择,但一个新大洋的诱惑是无法阻挡的。那是一段往返500多公里的旅程,一大早我便走到附近的公交车站。大约有20位游客已在一辆巴士上,路上又陆续上来一些人。我们向南先去了玛格丽特河流域,那里有一家酒庄,我们在酒庄用了午餐,途中经过了一片森林,那里有一种据称是世界上最高树种的红桉树。

午餐以后,我们来到一个地下洞穴,在里面欣赏了一个巨大的钟乳石。因为洞穴空间十分庞大,人们用古代最大的动物之一猛犸象来命名,那是冰河时代才有的食草动物。下午3点,激动人心的时刻来到,我们到达澳大利亚的西南边陲——卢文角,那里有一座白色灯塔。更有意思的,木头的栈道上立着一块蓝色的牌匾,左右指向分别是南大洋(Southern Ocean)和印度洋,其中南大洋这个说法我还是第一次听说。

原来,早在2000年,地理学家就命名了南大洋,又称南冰洋或南极洋(Antarctic Ocean)。因为地理学家发现那里有不同的洋流,故而重新做出划分。南大洋围绕在南极大陆四周,南纬50度以南的部分,面积共2000多万平方公里,仅次于太平洋、大西洋和印度洋,是五大洋中的第四大洋。正如天文学家把冥王星划出太阳系的九大行星,让如今的太阳系剩下八大行星,地球上也因地理学家的发现而有了五大洋。但在学术界依旧有人认为,凡是大洋应有其对应的中洋脊,因而不承认南大洋或者南冰洋这一称谓。

澳大利亚人认为卢文角就是印度洋和南大洋的分界点,但我后来了解到,其他国家的专家并不承认澳大利亚以南的海域属于南大洋,因为那里的纬度还不到南纬40度。因此,仍然像原先那样,将它划归印度洋。但知道此事时我早已回国,因此在澳大利亚尤其是西澳期间,我一直为亲

等待开往大海的小火车出发。作者摄

临新的大洋而自豪。

回程还有一个节目,就是在巴瑟顿小镇坐小火车观赏长堤(Jetty,码头)。一座白色的码头笔直伸向蓝色的印度洋,这里原是19世纪英国人修建的运煤码头,后来随着船只吨位的增大,码头越来越远,长堤和铁轨也越来越长了,共长1841米,是南半球最长的木桩码头。据说,日本漫画家宫崎骏的《千与千寻》中的水上列车就参考了这个长堤。

最后一艘商船于1971年停靠码头,翌年码头关闭。在经历了风化、火灾、拆迁威胁,尤其是1978年的阿尔比飓风之后,它成了一个主要的区域旅游景点。我们乘坐小火车驶向大海,颇有点童话里的惬意感,路上看见海鸟在黄昏的凉风中呆坐在木桩上。最后到达一个水下观测站,那里有澳大利亚最大的单一水族馆。晚上9点一刻,我们疲惫地返回了珀斯。

作者在珀斯朗诵

6 《便笺集》与数论会议

9月29日是澳大利亚数论会议报到日,我从珀斯飞往悉尼,这是一次漫长的飞行,距离3000多公里,跨越的经度有30多度,大约相当于从乌鲁木齐飞往上海。幸好我们是逆地球自转飞行,否则要5个多小时。由于有2小时的时差,我出发时是上午10点,抵达时已是下午4点半。我在飞机上,利用旅店的便笺写作了10首短诗,冠名《便笺集》。

第一首诗《鱼与猫》灵感来源于昨日的诗歌朗诵会,那是我在珀斯最后一个下午。托尼带我去一个酒吧参加了一场本地诗人的朗诵会。主持人走过来跟我们打招呼,并邀请我朗诵诗歌。刚好是在女子诗社的后面,才有了灵感,写下了一首《鱼与猫》:"在女子诗社成员后头朗诵/我应该向她们表示敬意/ 那就念一首关于鱼的诗吧/ 鱼与女子有着天然的联系……"

有了第一首诗以后，接下来就不用愁了，只要有足够的时间，第二首、第三首……会不间断出现。过去的二十多年里，均是如此，无论是坐飞机，还是乘火车或轮船。这次收获的诗歌有《大海与沙漠》《纸与笔》《咖啡与酒》《村庄与道路》《书籍与视频》《半途与终点》《光头与白发》《婴孩与老人》《天空与大地》。其中，《村庄与道路》里，融入了童年时在多个村庄的生活经验和一点数学史的常识：

村庄与道路

一支白色的长长的线段
看起来可以穿过任何针孔
但它可能是一条高速公路
连接着你的故乡和首都

村庄像大小不一的结绳
在古老而明亮的阳光底下
树叶脱落融化在蓝天里
像地上地下老人的牙齿

在悉尼机场，迎接我的还是大学同班好友卿光。18年前，正是他把我从机场接回家，这一情况在其他任何城市都没有出现过。不过，他的家早已搬过，好像不止一次了。卿光依然偏瘦，萍的头发已经花白，但容颜还是年轻的，

悉尼数论会议开幕式，4位组织者在致欢迎词。作者摄

兰早已经出嫁，儿子还在读大学，当年他还在娘肚子里呢。当天我们聊得很晚，说到这些年来的变故，也谈及从前同学的现状，等等。

翌日上午，中国国庆日，北京举行了隆重的阅兵式。微信朋友圈里瞬间刷屏，其中信息方队的领队孟将军是我从前做班主任时的学生，我随即给他发信祝贺，并收到了他的回复。卿光送我到预订好的民宿，与新南威尔士大学只隔着两个街区。他博士毕业后，在该校和悉尼大学分别做数学和计算机的博士后，其间和萍成功地做了一些包括房产在内的生意，加上他年纪比我大一些，因此后来干脆做起了房东，提前退出了学术圈。

随后，我独自进校园，找到开会的大楼报到注册。新南威尔士大学位于悉尼闹市区，校园不大，有点像香港的学校。参加会议的同行不到100人，主要来自英语国家，

悉尼数论会议，堪培拉的马蒂欧在报告，引用了华罗庚80年前的定理。作者摄

会议不设分会场。第一天的报告中，来自堪培拉澳大利亚国立大学的马蒂欧教授引用了华罗庚先生80年前的一项结果：有关狄利克雷特征和的上界估计。

午休时大家分头行动，我进了一家校园餐厅，在户外吃了顿便餐。随后在草地上躺了一会儿，那天天空湛蓝，阳光明媚，树上开满了鲜花，澳大利亚那会儿正好是春天。我在路口一块红色大理石碑下方看见爱尔兰诗人W. B. 叶芝的诗《重访市立美术馆》的最后两行，这首诗收录在他1938年出版的《新诗集》中，在大学校园里出现十分应景，无论对老师还是对学生都是一种激励：

> 试想人的荣光会在何处开始和结束
> 我的荣光在于拥有你们这样的朋友

7　悉尼湾的夜晚

我的报告在第二天，与10个月前在普林斯顿大学和高等研究院的同题报告相比，听众多了不少，掌声也响了许多，但没有人在会后与我交流，更没有人此后与我保持通信，试图解决我提出的问题。傍晚时分，与会者各自步行来到塔斯曼海滨，在长长的柔软的沙滩上，我看到一幅安居乐业的画面。在海湾的拐角，是组委会预订宴会的酒店，那真是个愉快的夜晚，也是我在悉尼的最后一个夜晚。

会议期间，我还与两位老友意外相聚。一位是我和卿光的大学同学侯维栋，他刚好来澳大利亚出差，在微信上看我发珀斯的照片，便问我会否来悉尼了。维栋是青岛人，大学时是运动健将，擅长中距离跑，因此虽不同班，但我们都认识他。毕业后他投身银行业，9年前出任交通银行执行董事兼副行长，分管海外业务。用微信联系我时他还在布里斯班，我们居然会同日到悉尼，真是太有缘了。

毕业以后，我和维栋只是6年前在上海小聚过一次。这晚，他邀请我们聚餐，在场的还有他悉尼分行的多位同事。聚餐地点在市中心，距离有些远，我和卿光还是赶了过去。我们先开车到一个地铁站，然后乘地铁去了市中心。当晚的话题分为两部分，同学情谊和当前的经济形势。自从中美出现贸易纠纷以来，交行的海外业务便受到影响，2020年以来的疫情对他们更是一次大考。

另一个夜晚是与杭州的老友许总相聚，他毕业于杭州大学历史系，因此也是校友。老许做过大学教师、新闻记者、政府公务员和杂志社副总编，早年喜欢写作，发表过

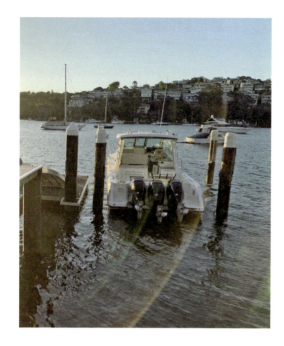

悉尼湾的私人码头。作者摄

许多小说和剧本,有一部电影《女子别动队》(1989)便是出于他的笔端,这部电影的主演有刘威、何晴。老许后来下海,投身房地产业,与房东卿光相比,老许简直就是房产大亨。

　　成为成功人士之后,老许仍十分好客。他与作家余华是同龄人,也是多年的好朋友,余华不在杭州的时候,他在西溪湿地的工作室就归老许使用,我有幸多次出席他设的饭局。老许喜欢钓鱼,曾多次飞到悉尼和布里斯班的黄金海岸垂钓,渐渐地喜欢上了悉尼,在悉尼湾购置了带码头的豪宅。我来澳大利亚时,他正好与妻子在悉尼度假,便邀请我和卿光去他家做客。

相隔18年以后,作者和大学室友卿光再次相聚悉尼,并结伴出游

悉尼不仅有蓝色的大海,而且有许多美丽的港湾,这是同样临海的上海所缺乏的。老许家在富人区,我们驱车前往途中,也欣赏了迷人的海湾景致。当晚许夫人亲自下厨,我们享用了一顿丰盛的杭帮菜,老许还开启了一瓶陈年的澳大利亚葡萄酒。之后我们泛舟海湾,可惜因为是夜晚,这次没有机会跟他出海钓鱼。

我想起杭州湾外侧的舟山群岛有许多无人居住的海岛,虽然时有台风来袭,还是可以做适当开发的,毕竟那几座跨海大桥都经受了台风巨浪的考验。至少,杭州湾两侧海岸线很长,尚没有得到很好的利用。虽说杭州湾的海水是浑浊的,但是到了夜晚都一样。若是能够开发海岛和海滨,既能提升一部分人的生活品质,也可以帮助国家留住不少外汇。

8　堪培拉之旅

10月3日上午，数论会议圆满结束。卿光接我到他家吃午饭。稍事休息后，我和卿光便驱车出发了，首站目的地是首都堪培拉。在大学毕业37年后，我俩一起在异国他乡自驾游，十分难得。在我的建议下，我们先沿太平洋（实为塔斯曼海滨）向南，大约1个半小时以后，到达一座叫伍伦贡（Wollongong）的小城，在当地土语里的意思是"大海的声音"。

卿光告诉我，澳大利亚最大的钢铁厂坐落在伍伦贡，但环境似乎没有受到影响。我们驶下高速，在海滨兜了一圈，也在沙滩上玩了半个钟头，就此告别了太平洋。在寻找高速入口时，遇见一辆殡仪车，四周全是透明的玻璃，看起来很洁净漂亮，遇到红绿灯恰好停在我们前面。随后，我们向西进入内陆，开始了一段更为漫长的旅行，主要是在森林或森林的边缘游走。

一路上，我们见到无数袋鼠死在路旁，它们都是被路过的汽车撞死的，而后被拖到路边。我们曾数次停车下去察看，有的已经发臭了。政府部门听之任之，这主要是袋鼠的繁殖率太高，如果加以保护的话，经济作物等会被消耗殆尽，会影响人类的生活质量。终于，我们见到蹲在山坡上的袋鼠群，但当我们刹车倒回或走回，它们又逃之夭夭，因此没有留下影像。

到达堪培拉时天色已近黄昏，我们按照澳大利亚国立大学数学和应用数学研究中心汪徐家教授发给我的地图，找到了他为我们预订的学校旅舍。汪教授是千岛湖人，浙

澳大利亚国家图书馆。作者摄

作者在澳大利亚国立大学演讲

澳大利亚国会大厦。作者摄

大系友,获博士学位后曾留校任教,他是澳大利亚科学院院士,研究微分方程(与卿光、后文会提到的一宏同一专业),尤其在非线性偏微分方程及在几何方面应用成就卓著。当晚,汪教授和夫人邀请我们享用了一顿丰盛的中餐。

翌日早上,卿光带我到市区观光。我们先后参观了国会大厦、国家博物馆、国家图书馆和国家美术馆,后者在举办印尼的当代艺术特展。在国会大厦,我拍下一幕温馨的场景,哥哥拽着妹妹在光洁的木地板上向前走。今天还要与头天约好的亚卿夫妇相聚,亚卿是我小时候的邻居,她弟弟是我小学同班同学,她本人原来是温州大学化工学院院长,现已退休,来堪培拉帮女儿带孩子,女婿也在澳大利亚国立大学任教。

1901年,澳大利亚联邦政府成立时,因为悉尼和墨尔本两大城市都想做首都,也都不愿意对方做首都,一直争

在国会大厦拍下一段兄妹情谊。作者摄

论不休,直到1911年才达成妥协,在两城之间找一个风调雨顺、有山有水的地方,建设新首都,这便是堪培拉的来历。但它离悉尼比墨尔本要近两百多公里。看起来,城市的主要格局是模仿美国首都华盛顿,果然设计师是美国人。

堪培拉在当地语言里的意思是"会合之地""聚会地点"。因为第一次世界大战的缘故,堪培拉直到1927年才建成,随后澳政府从墨尔本搬来。虽说只有42万人,堪培拉却是澳大利亚全国第八大城市和最大的内陆城市。这座城市树木苍翠,四季鲜花不断,被一条莫朗格河分成两半,市中心还有以设计师命名的格里芬湖,湖上有库克船长纪念喷泉。喷泉高达140米,是为纪念英国船长库克登陆澳大利亚两百周年而建的。

下午，我在国立大学数学与统计学院做了一个公众讲座，报告厅比西澳大学的要大，听众依然满员。来了不少留学生和华侨，但还是老外居多，基本上是本校教师。汪教授亲自主持，提问或朗诵诗歌环节，则是白人听众抢先。结束以后，学院安排了一个小型酒会。接下来，堪培拉的留学生会在格里芬湖边举办烧烤晚宴，有十多辆车一起前往，参加者以浙大校友居多。

9　墨尔本的企鹅岛

10月5日早上，我和卿光再度驾车出发，前往澳大利亚第二大城市墨尔本。墨尔本位于南纬38度，比我到过的奥克兰、圣地亚哥、布宜诺斯艾利斯、蒙得维的亚都要靠南，也比我尚未到过的南非好望角和非洲大陆最南端的厄加勒斯角都要靠南，后者是大西洋和印度洋的分界点。

比起两天前的行程来，这段旅途更长，有500多公里，是一段将近10小时的行程。依然有无数袋鼠死在公路上，对此我已渐渐变得熟视无睹了。我的新期待是，墨尔本南边的企鹅岛，那可是可爱的活生生的企鹅。对于从未到过南极也不准备去南极探险的人来说，能够看见原生态的企鹅甚为难得。为此，我们必须在企鹅从大海游回菲利普岛之前赶到。

菲利普岛位于南纬38.5度，在墨尔本南面140公里处的西港海湾出海处，面积约100平方公里，以英国首任新南威尔士总督菲利普中校命名，命名者是从悉尼驾驶捕鲸船抵达的探险家巴斯，而这位探险家的名字则留给了塔斯

菲利普岛风光

马尼亚岛与澳大利亚本土之间的这片海峡。每天夜里黑透以后，小企鹅三三两两、成群结队地沿着海滩走上菲利普岛回巢，故而菲利普岛又叫企鹅岛。在澳大利亚，以动物命名岛屿不是此处独创，阿德莱德外海有一座更大的动物乐园就叫袋鼠岛。

这样一来，我们路上就要多花几个小时。由于堪培拉与墨尔本之间隔着澳大利亚山脉，我们选择了南路，即先向南到小镇凯恩河，再沿与海岸相距不远的公路西行。我们在滨海小镇莱克恩特伦斯用了午餐，到达与企鹅岛隔水相望的圣莫雷时快晚上9点钟了。驶过一座长桥，便进入了菲利普岛。我们来到最南端的萨摩兰海滩，好不容易找到一个停车位，入场券价格不菲，但我们还是顺利买到了。

那会儿陆续有游客开始撤退，但海滨仍有数不尽的游客，他们在木质栈道上蹑手蹑脚地走动，或干脆趴在护栏

蹒跚回家的小企鹅

上观看。小企鹅又叫神仙小企鹅,它们的个头不到30厘米高,1000年前就定居菲利普岛了。因为小企鹅害怕灯光,岛上实行灯光管制,长长的海滩只设为数不多瓦数极小的白炽灯,且不准游人照相和摄像,每年游客限定在50万人。

菲利普岛约有3万只小企鹅,它们在岛上的泥土中挖出深深的洞穴,企鹅一家住在里面。白天,成年企鹅离开小岛,游到离岸100公里的深海觅食,四五天后才返回。那时它们自己吃得饱饱的,还能给窝内的小企鹅带来充足的食物。无论何时出海,企鹅返回菲利普岛的时间就像人为计时一样准确无误,它们总是在黑透以后、没有一丝光亮的时候才登岛。

看见第一只神仙小企鹅时我有些吃惊,毕竟在我的印象里,南极的企鹅个头不低,体形大的帝企鹅一般都在1米以上,最高的可达1.2米。据说葡萄牙人15世纪就在好望角见到了企鹅，而关于企鹅最早的文字记载是来自1520年的麦哲伦船队，地点是在阿根廷的巴塔哥尼亚海岸。企鹅看起来像穿燕尾服的绅士，走路摇摇晃晃，却特别擅长游泳。中文的命名也是有趣，有所企盼的鹅，"企"字的形状也有点像企鹅的外形。

小企鹅们从大海里探出脑袋，迟疑着摇摇摆摆地走向内陆，有的通道长达数百米，宽度在1米左右。那会儿它们已不害怕光亮了，游客可以看得比较清楚，它们不发出任何声音，我凝望着它们，直到从视线中消失。显而易见，小企鹅知道人类在窥视它们，但只要巢穴和家人完好无损，它们还是日复一日、年复一年地往返于大海和菲利普岛。

当天晚上，我们到达民宿时已接近子夜了，房东的钥匙放在户外的保险箱里，他用手机把密码发给卿光。原本，我和卿光只打算来墨尔本游玩，后来浙大校友夏彬诒博士知道后邀请我做演讲，而他本人恰好不在澳大利亚，于是委托同事周三明教授来主持我的学术报告和公众演讲。无论如何，我来到了墨尔本，它是1956年第16届夏季奥运会举办地。如此一来，到2028年第34届为止，我造访了所有已经或将要举办夏季奥运会的城市。

10 阳明，两个湖北人

翌日一早，我们先去了墨尔本公园，那是澳大利亚网球公开赛的比赛地。虽说澳网1905年就创办了，迄今已经有100多年的历史，却是四大网球公开赛（俗称四大满贯）中最年轻的一个，其余3个按创办时间依次是温网

（1877）、美网（1881）、法网（1891）。我先后造访过了伦敦的温布尔顿（2008）、纽约的法拉盛（2018）和巴黎的罗兰·加洛斯（2018），这回可是集齐了四大赛事举办地。

遗憾的是，至今我还没有一次赶上比赛季，澳网是1月的最后两周，我自然又错过了。按照每年的比赛时间顺序，依次是澳网、法网、温网和美网，而若按比赛场地区分，法网是红土，温网是草地，美网和澳网则是硬地。以往我有所不知的是，1988年以前，澳网也是草地。草地的特点是球速快，但维护成本也高。

我们来到比赛主场馆罗德·拉沃尔球场前面留影，这是一座现代化的建筑，从外形来看像是某个航空港的候机大厅。说到拉沃尔老先生，他是昆士兰人，已经年满八旬，每年仍要到澳网现场观赛。他虽只获得11次大满贯冠军，却是历史上唯一一位金满贯男选手，也是唯一一位两次获得金满贯的选手。他最辉煌的年份是1961和1969，成绩最好的是温网（4次），而非澳网（3次）。

墨尔本公园就在市中心，横贯市区的雅拉河对岸高楼林立。高楼之间的一个小广场，临时搭起的舞台上，有一支俄罗斯演出队正在现场表演，我听到了十分熟悉的旋律，其中有令人亲切的《喀秋莎》和《莫斯科郊外的晚上》。底下坐了数百名盛装的观众，以中老年人居多，看来墨尔本的俄罗斯移民不少。

第二天下午，我与墨尔本的中国诗人见了面。来澳大利亚之前，纽约诗人冯桢炯给我介绍了墨尔本的女诗人小林东秀。听起来像是日本名字，其实是地道的福建人，卿光的老乡。小林是音乐老师，有副好嗓子。当天她召集了

罗德·拉沃尔体育馆，澳网主场馆。作者摄

在墨尔本的6位中国诗友和1位会说中文的日本诗人，在她位于市中心的办公室相聚。到场的有之前和我有过交往的诗人兼翻译家欧阳昱，还有沈阳来的护士赵阳、做地产的玲姐和圣公会的牧师张群等。

小林准备了葡萄酒和饮料，欧阳即兴朗诵起他的诗歌，出乎我的意料，他居然跳到小林的桌子上朗诵，而其他诗人包括小林在内居然不感到惊讶，看来他们早已习惯了。欧阳个头不高，那年已65岁了，他是湖北人，黄冈中学毕业后，做过农民和工人，后来考入武汉水利水电学院（现已并入武汉大学），之后又在华东师大获得英美文学的硕士，然后到武大执教。1991年，欧阳来墨尔本留学，著译

墨尔本大学一景。
作者摄

甚丰。当晚我们在唐人街晚餐,对这顿饭反倒记忆不那么深了。

第三天是工作日,上午我在墨尔本大学数学与统计学院做了题为《与二项式系数有关的数论问题》的学术报告,听众中有一位在悉尼一起开过会的吴博士,她是张寿武教授在哥伦比亚大学时的博士生。周教授在学校餐厅宴请午餐,他也是湖北人,早年分别在武汉工程学院、郑州大学获得学士、硕士学位,执教于华中科技大学。后来他留学澳大利亚,在西澳大学获得博士学位,现在是墨尔本大学教授,专攻组合数学和图论。

午后我和卿光去逛墨尔本当代艺术馆,在公交车上看到行为艺术家蔡国强的艺术展《赤陶武士》海报，展出时间从5月24日到10月13日，地点在维多利亚州立博物馆，可惜我没有时间去观看。不过我一直留意这位本家，欣赏他大胆而富有想象力的焰火和爆破艺术。2015年，他在故乡泉州成功实施爆破计划《天梯》，视频在海外疯传，据说脸书上两天便吸引3000多万人观赏，超100万人次转发，《时代》杂志予以特别报道。

晚上6点半，我回到墨尔本大学校园，在J. H. 米歇尔演讲厅做了《从看见到发现》的公众演说。到那时为止，我只准备好两个讲座的英文版，另一个是《漫谈中国诗歌——从古典到现代》。记得那是一间大阶梯教室，前几排

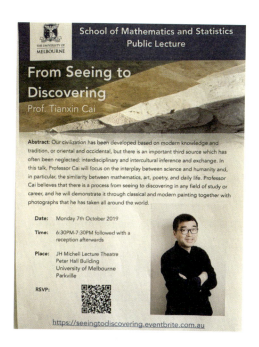

作者在墨尔本大学讲座的海报

作者与墨尔本的中国诗人聚会

坐的都是老师,这是西方大学的传统。在中国,公众讲座或科普讲座往往被认为是给学生的,很少看到教授和同学们坐在一起。有时候,主持报告的领导来说一段开场白,便借口有事而先告退了。

现在,我要返回18年前的那次澳大利亚之旅。

11 阿米代尔之旅

那是到悉尼的第三天下午,卿光把我送到机场,我将搭乘一架小飞机,前往500公里外的大学城阿米代尔。途中,我们在乡村音乐之都——坦沃斯做了短暂停留。那几天澳大利亚全境的天气都非常好,可谓是秋高气爽,加上飞行高度偏低,因此让我一睹沿路的风光。坦豪斯音乐节每年1月举办,为期10天,是澳大利亚第一、世界第二大的乡村音乐节。

澳大利亚人口最稠密的新南威尔士州虽然与其他州相比面积不算大，却近乎中国的整个华东地区，或者英国和法国面积的总和，比起大不列颠三个组成部分之一的威尔士来更是多出40倍。据说是因为该州海岸陡峭，与威尔士南部海岸相似，故而航海家库克爵士将其命名为新南威尔士。

库克出身低微，父亲是苏格兰工匠，年轻时他在北海的运煤船上做学徒，利用夜间和冬休期钻研数学，这为后来准确地测绘海图打下了基础，经他之手修正的世界地图较历史上任何人都多，以至于后来他当选为英国皇家学会的会员。在所有知名的航海家中，库克大概是最有学问的一个。

不仅如此，在我看来，库克船长还可以称得上是最后一个伟大的航海家。因为在他之后，人们只有去极地探险的份儿了，就像美国人皮里和挪威人阿蒙森那样。我认为，后一项工作更接近于极限体育运动，也比较接近后来那些挑战月球和太空的宇航员。

新南威尔士有一条重要的地理分界线叫大分水岭，它把狭长的海岸带和西边的大平原分隔开。阿米代尔海拔1000多米，正好坐落在此大分水岭的山腰上。一个半小时以后，飞机开始降落。走下舷梯，感觉到气温明显下降了，我的另一位老同学杜一宏不仅到机场迎候，还为我准备了御寒的衣服。

一宏是山东诸城人，这是一座历史悠久的文化名城。他比我年长一岁，也曾和我同室两年，学生时代他便是高

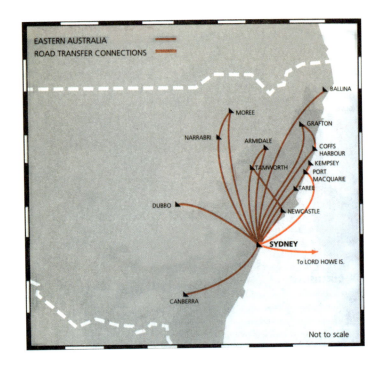

东澳航空的航线图

才生。如同《我的大学》里所描述的，一宏和我都是"少年班"同学。一宏在山大博士毕业后留校，后来相继到悉尼大学和马德里康普顿斯大学访问。之后，他便受聘于新英格兰大学。这所大学建于1938年，起初是悉尼大学的一个学院，1954年单独成为一所大学。

一宏的专长是偏微分方程和泛函分析，说起来有意思，当年年长一宏4岁的卿光是在他的指导下取得博士学位的。尽管如此，由于澳大利亚的大学体系近似于英国，教授的名额非常稀罕，通常是一个专业一位教授，故而那时的一宏仍是高级讲师，但他对此并不在意。没过几年，一宏便晋升教授。2021年，他当选澳大利亚科学院院士。

寒暄过后，我们驱车前往学校专为短期访问学者提供的玛丽怀特公寓，有一间卧室加一间会客厅，非常实用。随后我们来到他的家，那是一座独立的院落，见过了女主人和他们的一双儿女。杜夫人在化学系实验室工作，擅长动手和操持家务，当晚她亲自下厨，露了几手。说起来我还是他们的红娘呢，早年我做好事的成功率可谓百分之百，尽管那个时候我本人还是孤身一人。

后来，随着社会的开放和离婚率的上升，再做这件事已经吃力不讨好了，以至于最后完全失去了动力。无论如何，在相隔15年以后，这杯喜酒我总算是喝到了。新英格兰大学没我的同行，翌日上午我做了一场有关同余方程的学术报告，包含了整数幂模意义下的同余理论的新结果，十几名听众全是数学系和计算机系的教师或研究生，据一宏说听众已经算是比较多了。

在数论历史上，欧拉和高斯曾先后相隔120年和31年，分别把费马小定理和威尔逊定理从素数模推广到整数模上，因此构成了数论的基础理论。本人也曾先后相隔107年、64年和50年，分别把莫利定理、E. 莱默同余式和雅克布斯坦同余式从素数幂模推广到整数幂模上。

阿米代尔只有2万人口，且远离大城市，一宏愿意在此安家定居，无疑是需要勇气的。当天下午，我们带着他的女儿驱车向西，到达一片丘陵和森林地带。由于前两天刚下过大雨，溪流浑浊不堪，间或我们见到了几处瀑布，途中还遇到了几只可爱的野生动物。

按照德国气象学家魏格纳的大陆漂移学说，2亿年前，

1985年,作者与杜一宏在山东大学的合影

不仅美洲大陆和欧非亚大陆连在一起,甚至大洋洲、马达加斯加和南极洲也相互堆砌在一起,形成一个超级大陆。他的一个理由是大西洋两岸的地形可以相互嵌入,另一个理由是这些大陆和岛屿上的蚯蚓、蜗牛和猿猴等古生物化石十分相似。魏格纳曾3次赴北极圈内的格陵兰考察,最后在岛上殉难。假如他有幸见到中国的熊猫,是否会以为它与澳大利亚的袋熊禀性相投呢?

VI
从大洋洲到亚洲（上）

虎啸每每唤醒你的魂魄
层层波浪把你的遗骨围拢
——蔡天新《达夫》

1 穿越千岛之国

从阿米代尔返回悉尼的那天,澳大利亚依然阳光灿烂,我原本打算和卿光一起开车去堪培拉,因此搭乘了早班飞机。没想到山中大雾弥漫,飞机推迟了一个多小时才起飞。从悉尼向南驱车行驶到植物园湾的路上,又遇上了长长的堵车。澳大利亚因为地多人少,即使是在东部沿海经济最发达的地区,也没有修建全封闭的高速公路。不得已,我们只好取消了堪培拉之行,改去海滨的克罗纳拉(Cronulla)公园玩耍。

除了观看业余水准的英式橄榄球比赛以外,我还有意无意地注意了海湾对面的航空港。自从那次乘坐智利航空飞越印加古国遗址遭遇险情以后,我的安全心理一直没有恢复正常,现在通过近距离反复观看飞机的起飞和降落,感觉就像成年人上下自行车一样轻松容易,从此又放宽了心。

翌日午后,我乘坐新加坡航空公司的班机,从悉尼出发前往日本福冈,参加第二届中日数论会议。本来,福冈和悉尼在经度上比较接近,却偏偏要向西绕道新加坡,差不多走了一个直角三角形的两条直角边。飞机先是沿着新南威尔士的塔斯曼海岸飞行,接着很快进入了内陆,到达昆士兰州以后,已经远远偏离了首府布里斯班。

大约一个半小时以后,飞机在巴克利台地附近进入了北部地区,首府是达尔文港,据说在1839年前后,那位提出进化论的英国生物学家亲自测量过这一带海岸线。在达尔文港北面几十公里处有一座梅尔维尔岛,我原以为与那位写作了《白鲸》的美国作家有关,他早年作为捕鲸船上的水手遍游南太平洋。后来才知道,名叫梅尔维尔的还有英国的海军大臣,那些航海家讨好的对象之一。

不一会儿,飞机在帝汶海跨越了亚洲和大洋洲的分界线,并从帝汶岛的西侧穿行而过。此岛的主要部分及附近的小岛组成了东帝汶,从前隶属于葡萄牙,1975年宣布独立后的第9天被印尼强占成为它的一个省。对此,昔日的海上霸主大不列颠熟视无睹,即使邻近的澳大利亚也袖手旁观,直到2002年5月20日,联合国才向东帝汶移交政权,东帝汶民主共和国正式成立。

帝汶海属于印度洋的分支海域,而帝汶岛则位于努沙登加拉群岛的最东面,此群岛的最西端是闻名遐迩的旅游胜地——巴厘岛。努沙登加拉群岛不为我们所知可能与发音比较拗口有关,其实它在印尼语里的含义非常简单,努沙意为岛屿,登加拉意为东南,因该国主要岛屿苏门答腊、爪哇和加里曼丹均在其西北方向。

过了帝汶岛后,先是在几处陌生的海域穿行,诸如萨武海和弗洛勒斯海,后者的名字十分优雅(葡萄牙语里的 flores 相当于英文里的 flowers,即花朵),但其北面的苏拉威西近年来暴乱不止。此岛东临马鲁古海,与所谓的香料群岛(今名马鲁古群岛)相望,后者经过阿拉伯商人绘声绘色的描绘,激发了葡萄牙亲王亨利的想象力,才有了15世纪末达·伽马绕道好望角到印度的探险之旅。

可是,达·伽马的船队只到达印度西海岸便返航了。倒是20多年以后,麦哲伦环球航行的船队曾经穿越横跨赤道线的马鲁古群岛,不过,此前麦哲伦已经在菲律宾中部的马克坦岛被当地人杀害。3年以后,已是印度总督的达·伽马也死于科钦，与郑和的谢世地卡利卡特（又科泽科德）只相距200公里。

接下来，我们抵达了爪哇海，这片海域南北宽度仅两百多公里，与台湾海峡相差无几。南面的爪哇岛面积不大，却是世界上人口最稠密的地区之一，包括印尼首都雅加达等大城市均在此岛上。多年以后，我曾来此岛游学半个月，落脚在有着"印尼清华"之称的万隆理工学院。万隆是西爪哇省的首府，也是著名的万隆会议的举办地。

2　万隆国际会议

2009年2月1日，新年刚过，我应邀去印尼的万隆理工学院参加CIMPA数学会议。CIMPA是隶属联合国的总部设在法国尼斯的Centre international de mathématiques pures et appliquées（国际纯粹和应用数学中心）的缩写，创建于1978年，其宗旨是提高发展中国家的数学水准，每年会出资在亚非拉十多个国家举办不同方向的研讨班，邀请一些名家讲学。

自从2000年冬天我在哥伦比亚访学时首次参加哈瓦那举办的CIMPA数学会议以后，已先后参加了在河内、贝鲁特、马尼拉组织的CIMPA会议，马尼拉那次我还带着4名研究生，万隆的这次会议是我最后一次参加了。这次因为同时也接到香港浸会大学的邀请，我准备回程在香港停留一周。

那一次我从萧山机场乘早班飞机出发，到香港转机后，又经过了大约6个小时，飞越了南海和爪哇海，抵达雅加达机场时已经是黑夜了。我清晰地记得，在出机场海关时，有台电视机在转播澳网男子单打决赛，费德勒对纳达尔。显然那天是星期天，雅加达时间比北京晚1个小时，而墨尔本比北京早2个小时，我们出关时正巧赶上第五盘最后时刻，纳达尔艰难获胜，首次赢得了澳网桂冠。直到13年以后，也即2022年，他才再次赢得澳网，那也得益于德约科维奇因为"疫苗事件"未能参加。

从雅加达到万隆的距离大约150公里，组委会派来一位司机来接我。那会儿也有火车，但需要3个小时，据说中国设计的雅万高铁已于2016年开工，以后两地之间大概半个多小时的车程。窗外一片黑漆漆，我既看不见雅加达的市容，也无法欣赏沿路风景和地貌。1个小时以后，司机打开了窗户，我发现外面的空气变凉爽了，并非是夜晚的缘故，而是因为海拔高度的上升。

雅加达和万隆位于南纬3—4度，前者因为处于海平面，一年四季天气炎热，而万隆海拔719米，气候温和宜人，是雅加达人向往的度假胜地，这也应该是雅万高铁客源的保障。直到第二天早上，我才看清我住的宾馆及其周边的景色。尖端高高翘起的屋檐是爪哇民居的特色，还有路边小沟旁在煤气灶上被烈焰煎烤的腓鱼，鱼刺萎缩时发出一种声音。

至于会议的内容我反倒记不大清了，只记得当时的CIMPA主席是法国人米歇尔。参加研讨会的有一位在卡拉奇工作的伊朗女博士玛雅姆，那时候玛雅姆的同学、早逝的女同胞米尔扎哈尼已崭露头角。2014年，米尔扎哈尼在首尔国际数学家大会上荣获菲尔兹奖，是迄今唯一的

来自伊朗的女博士玛雅姆。作者摄

女性菲尔兹奖得主。玛雅姆始终披着头巾,我在酒店大堂里曾为她拍过一幅肖像照,这幅照片还在我的几次影展中展出过。

现在让我们简单回顾一下1955年4月的万隆会议,即亚非会议,会议由印尼、印度、缅甸、锡兰和斯里兰卡五国发起,共有亚非29个国家派代表团参加,其中包括日本,大概那时候它还没有成为发达国家。这是亚非国家第一次在没有西方国家参加的情况下,举办国际会议讨论与自身利益相关的政治经济事务。当时,其他28个参会国中只有阿富汗、缅甸、印度、印尼、越南、巴基斯坦与中国建交。

万隆会议让我们印象深刻与"克什米尔公主号"事件密不可分。那时中国还没有国际航班,租用了这家印度航空的洛克希德星座型螺旋桨飞机。4月11日,"克什米尔公主号"执行包机任务,从印度起飞经香港飞往雅加达,原定载以周恩来为首的参加万隆会议的中国代表团。在香港启德机场停留期间,国民党特工买通的清洁工周驹将炸弹安上飞机。飞机在接近印尼海岸时爆炸,机上除3名机员生还外,11名乘客及5名机组人员罹难。

碰巧之前周恩来刚做了阑尾炎手术,缅甸总理乌努邀请其提前经昆明赴仰光"休养"两天。于是,代表团兵分两路:周恩来、陈毅带队从北京出发赴昆明,等待缅甸方面的专机;另一路人马则按原计划从香港乘坐"克什米尔公主号"赴雅加达,这11位是新华社香港分社社长黄作梅、4位新华社记者、3位国家机关工作人员、2位奥地利和波兰记者,以及1位越南官员。

3 燕窝和独音琴

万隆数学会议期间,我发现学校附近有一些销售燕窝的商店。所谓燕窝是金丝燕分泌的唾液与海藻或其他柔软植物纤维混合黏结所筑成的巢穴,主要产于东南亚和我国福建、广东沿海一带。据说燕窝含有丰富的糖类、有机酸、游离氨基酸以及唾液酸,具有滋阴、润燥和补中益气等功效,自明代以来,便成为药食两用的高档滋补品。而印尼的燕窝不仅产量高,质量也极佳,爪哇金丝燕闻名于世。我临行前,有多位亲友托我购买。

说一说燕窝与中国的故事。据说马来西亚的沙巴是燕窝的著名产地之一,那里曾发掘出来自唐代的瓷器,但不能由此推断唐代已进口燕窝,毕竟北宋的《资治通鉴》等

万隆理工学院景色。作者摄

著作均未提及。到了明朝,七下西洋的郑和肯定是去过不少燕窝产地,并亲自品尝过,或许他还带回一些燕窝送给永乐皇帝朱棣。

无论如何,明嘉靖年间曾在泉州为官的嘉兴人陈懋仁写过《泉南杂志》,书中所记均与泉州有关,诸如历史、名胜、山川、风情、人物、物产以及当时社会的政治情况等。书中写道:"闽之远海近番处,有燕名金丝者,首尾似燕而甚小,毛如金丝。"但那会儿恐怕吃法不太讲究,还没有引起官家的太多兴趣。

到了万历年间,另一位浙江人,鄞县(今宁波鄞州区)的屠本畯也关注到了燕窝。他是一位科普作家,出身书香门第,曾任职福建盐运司。《闽中海错疏》是其代表作,书中记载了福建沿海一带的海产动物,是我国早期的海产动物志。书中也写到燕窝:"燕窝,相传冬月燕子衔小鱼入海岛洞中垒窝，明岁春初，燕弃窝去，人往取之。"

自古帝王多短命，唯独清朝乾隆皇帝活到89岁高龄，居我国古代长寿皇帝之首。乾隆为何能如此长寿？据《乾隆三十年江南节次膳底档》记载，乾隆下江南时，每日清晨必空腹吃冰糖燕窝粥。从正月十六日到四月二十日，共出现燕窝菜93种216品，平均每天出现约2.3品。

慈禧太后作为同治、光绪两朝的实际最高统治者，统治清朝长达48年。据载，光绪十年（1884）十月七日慈禧早膳，一桌30多样菜中，有燕窝的就有7样。而高寿106岁的宋美龄女士，每天也会吃一小碗冰糖燕窝。据说，1990年宋美龄离开台湾时共带了90余件行李，大部分是其

万隆女孩。
作者摄

自用的"衣料""旗袍""日用器物""盥洗杂物"等，其中还有一箱是燕窝和月饼。

除了燕窝，让我印象深刻的还有排箫一样的独音琴，以及那些披黑头巾演奏独音琴的女生。会议间隙，组委会邀请万隆理工学院的老师和同学安排了一场演出，其中一个节目正是独音琴的演出，在我写过的《爪哇组诗》里也有这么一首：

独音琴

那双明亮动人的眼睛
包裹在黑色的头巾里
在三排整齐的队列中
显得尤为引人注目

后来她悄悄来到我身边
教会我摇响一个音符 mi
她的同伴围绕着我的同伴
依次奏出优美的旋律

我试图理解其中的含义
它们就像一座座丛林
里头藏匿着苏门答腊虎
还有少女心中的秘密

4 水边的雅加达

为时10天的CIMPA会议结束以后,组委会派中巴车送我们到了雅加达。随后我们各奔东西,我特意在飞往香港之前,在雅加达停留一天,游览这座旧称巴达维亚的大都市。雅加达市区拥有1000多万人口,是东南亚第一大城市,如果算上郊区的话有3000多万人。

雅加达是一座历史悠久的城市,早在14世纪就已成为初具规模的港口,当时叫巽他格拉巴。巽他是古代爪哇岛西部的小国名,意思是"苗",格拉巴意思是"椰子",华侨称其为"椰城"。巽他群岛几乎是印尼的代名词,分大、小巽他群岛,前者包括加里曼丹、苏门答腊、苏拉威西等岛,后者包含爪哇、巴厘等岛,如今又称努沙登拉群岛。

16世纪,信奉印度教的万丹王国占领此地,称为雅加达,意为"凯旋之城"。殖民时期它是荷属东印度公司总部所在,贸易遍及亚、欧、非三个大陆,荷兰人称其为巴达维亚(Batavia),大概因为古时候巴达维人居住在此。1942年,日军侵占印尼后恢复了雅加达的名称,3年后他们被赶走,印度尼西亚共和国成立。

我在市中心找到一家酒店住下。大堂中央的圆柱子上贴着一则告示:非夫妻不得同房,且不能同时出现在客房里。我遂想起,印尼已是世界上穆斯林人数最多的国家。走到大街上,感觉回到了夏天,老远就看见高耸的国家纪念塔,烛台的造型,塔顶安有直径约6米、重约6吨的金质火焰雕塑,在阳光下闪闪发光。

翌日上午,我从地势较高的新城搭乘出租车,去城北

雅加达的伊斯蒂赫拉尔清真寺

滨海的老城区即乌德巴达维亚参观,那里有荷兰东印度公司总督府、法塔希拉广场和唐人街。那是一个隐蔽在海湾里的丘陵地带,沼泽地和沟渠纵横。途中我见到了一座巨大的清真寺,屋顶上有个白色的半球形顶盖,那便是雅加达独立清真寺,可以同时容纳10万人祈祷,据说费时28年才建成。

雅加达之行让我想起两个异乡人,一个是智利诗人帕巴拉·聂鲁达。26岁那年,聂鲁达曾担任智利驻印尼领事,之前他在缅甸和锡兰担任领事。据聂鲁达在自传《我曾经历经沧桑》里回忆,他租用的住宅有一个车库,但从来没有汽车,他雇了一个仆人和一个迷人又安静的老厨娘,在巴达维亚,他完成了诗集《大地上的居所》。

在语言不通的异乡,聂鲁达感觉非常孤独,当年晚些时候,他便娶了一个有马来血统的荷兰姑娘玛鲁卡,这是他的第一次婚姻。一年以后,聂鲁达兼任新加坡领事,往返于两个国家之间。又过了一年,他携玛鲁卡返回了智利。"她不懂西班牙语,但她开始学了。不过,她没有学会,且不仅仅是语言。"聂鲁达而立之年,他们的女儿在马德里出生,但两年以后,这段婚姻还是以离异告终。

第二个是美国前总统巴拉克·奥巴马,从6岁到11岁,他在雅加达度过5年的童年生活。奥巴马的母亲安是一位人类学家,出生在堪萨斯州,后随父母移居夏威夷。18岁那年她与肯尼亚留学生老奥巴马相遇并结婚,次年生下奥巴马,一年后分手。老奥巴马后来回到肯尼亚,成为著名的经济学家。安后来将奥巴马交给父母照管,自己重返校园读书。在夏威夷大学,她又遇到了来自印度尼西亚的苏托洛。

1967年,奥巴马6岁,苏托洛与安结婚,奥巴马和母亲跟随继父回到印度尼西亚生活。他们的家在雅加达郊区,那里没有电和公路。家里没有钱供奥巴马到雅加达国际学

青年聂鲁达

少年奥巴马

校读书，他只好到普通的学校就读。3年以后，奥巴马同母异父的妹妹出生了，而在非洲，他还有6个同父异母的兄弟姐妹，其中一个后来安家在深圳。

奥巴马卸任总统以后，在回忆录中写道，每天清晨4时，母亲就会来到他的房间，"逼我吃早饭，随后教我学3小时英语，接着两人分别去上班上学"，每周5天，天天如此。那以后，安和苏托洛又离婚了，但她从此把自己的专业生涯与印尼紧紧相连。1972年，安带着分别拥有非裔和亚裔背景的一双儿女重返美国，在夏威夷大学攻读人类学硕士和博士学位。

安不断地重返印尼，开展自己的研究。直到1992年，她终于完成了自己的博士论文。3年后，安因卵巢和子宫癌去世，享年53岁。她与先前在内罗毕因车祸去世的老奥巴马都没有看到儿子当选美国总统。而奥巴马的妹妹玛雅后来也定居夏威夷，嫁给加拿大出生的马来西亚华人吴加儒。奥巴马曾说过："妹夫一家子跟我走得挺近的，从他们一家子那里，我知道了春节对华人的意义，知道华人待人接物的特别方式，以及古老的中国文化。"

5　苏门答腊岛

在雅加达短暂的停留之后，我出发去香港。那时我没有想到，10年以后，印尼政府会做出迁都的决定。2019年8月26日，印尼总统佐科在雅加达宣布，新首都将设在加里曼丹岛（婆罗洲）东南方向，在东加里曼丹省的北彭纳杰姆与库台卡塔内加拉地区之间。那是一块未开发的荒地，现在还是一片森林，因此没有征地等问题。

佐科表示，预计开发成本将达到366亿美元，其中19%将由国家预算承担，其余将由私人实体和国有企业承担。这块地方距雅加达约1400公里，首都功能转移到新址后，雅加达仍将作为印度尼西亚的经济和商业中心。至于迁都时间，并未给出，不过计划于2024年完成政府办公大楼和其他设施的建设。随后发生的世界性疫情，显然会使这个计划延宕。

飞机在雅加达升空后不久，我们便来到了巽他海峡上空，这个狭小的海峡分开了苏门答腊岛和爪哇岛，最窄处只有26公里，中间还有几座火山岛，最著名的是喀拉喀托火山。1883年那次喷发，摧毁了300多个村庄，火山灰飘到3000多公里外的菲律宾首都马尼拉。巽他海峡是沟通北太平洋国家与非洲以及绕道好望角去欧洲的航路，当年郑和下西洋时他的船队曾经驶过。

苏门答腊虎

不久,飞机便飞临苏门答腊岛上空,我们幸运地从它的一个角落擦肩而过。苏门答腊岛是印尼独立拥有的第一大岛,也是世界第六大岛。我首先想到的是苏门答腊虎,它是唯一生活在岛上的老虎。正如热带地区的人个头普遍偏小,苏门答腊虎也是全世界块头最小的老虎,它们藏匿在分属5个国家公园的热带丛林里。雄性苏门答腊虎平均体长234厘米,体重103千克,雌性平均体长198厘米,体重94千克。而我国的东北虎(西伯利亚虎)雄性体长可达3米,平均体重250千克。苏门答腊虎的条纹比其他老虎要狭窄,胡须和鬃毛浓密。

除了老虎,苏门答腊还让我想起作家郁达夫。郁达夫是浙江富阳人(现为杭州一个区),17岁随兄长留学日本,先后就读于名古屋大学和东京帝国大学(现东京大学),从医学转到政治经济学,并开始小说创作。1921年,他与郭沫若、成仿吾等在东京成立文学社团创造社,同年秋天,他的短篇小说集《沉沦》在国内出版,轰动文坛,这也是中国现代文学史上第一部白话文短篇小说集。

翌年春天,郁达夫从东京帝国大学毕业,获得经济学

郁达夫和王映霞
在福州（1937）

学士，随后回国。先是在安徽安庆一所中学教授英语，后任北京大学讲师，教授统计学，就在那一年，他创作了小说《春风沉醉的晚上》。之后他又在武汉、广州、上海、杭州、福州等地任教或任职，渐渐地成为文坛领袖，并曾访问日本和中国台湾。

1938年，郁达夫应新加坡《星洲日报》的邀请，在新加坡工作、生活了4年，担任《星洲日报》主笔，与担任《南洋商报》主笔的胡愈之分任星洲华侨文化界战时工作团正副团长，积极宣传抗日救国。后来，郁达夫又出任新加坡文化界抗日联合会主席，还把第二任太太王映霞和儿子也接来了。王映霞是杭州人，有关两人的爱情故事人尽皆知。没想到不久以后，王映霞便闹离婚，独自回国了。

直到1942年，随着日军占领新加坡，他的新女友李小瑛（福州人）去了爪哇，郁达夫去不了，被迫躲到苏门答腊岛的巴亚公务。他化名赵廉，留起了胡子，开了一家名为"赵豫记"的酒厂,娶广东女子何丽友,生下一双儿女。后来日本宪兵得知他精通日语,胁迫他当了7个月的翻译。其间,他暗中救助、保护了大量文化界流亡难友、侨领和当地居民。1945年9月17日,郁达夫因为身份暴露被日寇杀害于丛林。

离开爪哇岛之前,我为郁达夫写了一首诗:

达 夫

你失踪的那座岛屿
离我尚有数百公里之遥
那儿有茂密湿热的丛林
果实的皮粗糙而黝黑
海水更蓝沙粒更细更白
虎啸每每唤醒你的魂魄
层层波浪把你的遗骨围拢
土地的繁殖力依然旺盛
人们依旧每周工作六天
可他们不再喝你酿的酒
没有人能够念准你的名字
你的孩子也已经远走高飞

6 樟宜国际机场

在爪哇海上飞行,一种发自内心的兴奋之情激发了我的谈话欲望。原来邻座是一位在新加坡的马来商人,他告

樟宜机场的日式餐馆。作者摄

诉我,印尼语和马来西亚语其实同种,且都使用拉丁字母,主要区别在于拼写的方式,印尼语的文字系统是由荷兰人设计的,而马来语则是由英国人设计的。黄昏时分,飞机渐渐偏离了爪哇岛,进入到苏门答腊和婆罗洲之间的卡里马塔海峡。

除了岛屿众多以外,印尼还有"火山之国"的雅号,这两者恐怕关系密切,因为火山和地震繁多,陆地自然容易被分割。不久以前,发生在苏门答腊西北海域的地震引发的海啸更是造成印度洋周边国家数十万人的死亡。用欧几里得几何学的眼光分析,假如来个反对称变换,地震发生在苏门答腊的东南方向,即卡里马塔海峡,情况无疑会更糟糕。除了南面的首都雅加达会遭受灭顶之灾以外,北面的新加坡也难逃厄运,而这两座城市都以人口稠密著称。

不出半个小时,飞机便穿过了赤道线,接着我从窗户里看见了星火点点,那是停泊在马六甲海峡上的船只,随后才是高密度的灯火。我们飞到了新加坡上空，盘旋一圈后降落在东郊的樟宜国际机场，那里与马来西亚仅一河之隔。新航是近年来崛起的航空业新秀，令我印象深刻的是几年前的一次飞机失事，那是一架飞往台北的航班，每名乘客家属获得了40万美元的巨额赔偿。

由于新加坡只有五百多万人口，附近的马来西亚又有一家不错的航空公司，因而大部分主顾是那些在欧洲、亚洲、大洋洲之间中转的旅客，为此樟宜机场候机厅设计得富丽堂皇，栽种了许多绿色乔木，并有一个户外的休息处。那是一座屋顶花园，旅客可以到那里感受赤道的湿热，小雨淅淅沥沥地下着，即使是在3月的夜晚，气温仍高达30多度。我找到那里，还真有不少人舍弃舒适的空调呢。

殊为难得的是，樟宜机场可以免费拨打国内电话。在我到过的国际机场里，只有伊朗的德黑兰提供类似的服务。（听说瑞典的斯德哥尔摩也这样，但我在斯堪的纳维亚半岛只乘坐过火车。）我如约和友人宋琳通了电话，两年前他的妻子在法国驻新加坡大使馆找到工作，他便成了外交官先生，携带着两个儿子一起从巴黎来到狮城。

宋琳又一次在我的旅途中出现，但这回我们无法相见。他在电话里告诉我，他们最希望能在驻中国大使馆或领事馆找份工作，但竞争对手实在太多了，新加坡相对容易一些。果然，他们任期结束后没去北京，却到了讲西班牙语的布宜诺斯艾利斯。我和宋琳还聊起聂鲁达，这位智利诗人年轻时曾同时兼任新加坡和印尼的领事，在此之前，23岁的他就在仰光和科伦坡做过外交官。

诗人的回忆录里谈到这段经历时尽是些风流韵事，而

候机厅里的歌舞表演。作者摄

对于政治、经济却很少提及,反而觉得智利这样的小国不应该向地球另一边的群岛、海岸和礁石派驻官方代表。这符合智利男人好色的个性,在诗人从科伦坡坐船抵达新加坡以后,他没有打听到智利领事馆的存在,当天便回到了船上,继续向雅加达(那时叫巴达维亚)方向进发,并在卡里马塔海峡勾搭上一个犹太少女。

我在新加坡的中转时间长达7个小时,估计和聂鲁达停留的时间差不多,却没有任何艳遇。候机大厅里有一场免费的音乐会,为了让乘客过得舒适,机场每晚安排专业人士表演,那天开场有歌舞表演,随后是一场古典音乐小品集萃,甚至能听到莫扎特的小夜曲,而各国风味的小吃店也在大厅的另一端排成了一长溜,难怪这样一个弹丸之地能吸引那么多乘客。

放眼世界，樟宜国际机场飞机起降数也能位列世界五十强，此外亚洲还有韩国汉城（今首尔）、日本东京（成田和羽田）、泰国曼谷及中国北京和香港5个城市的6座机场入围，其中东京羽田机场与美国的亚特兰大、芝加哥、洛杉矶、达拉斯、丹佛和欧洲的伦敦、法兰克福、巴黎、阿姆斯特丹位列前十名，远远高出成田机场，毕竟羽田机场主要起降国内航班，乘客要比国际航班的多，如此对比，只有国际航班的樟宜机场，取得这样的成绩实属不易。

7 新加坡牛车水

等我有机会走出樟宜机场，已经是2019年秋天了，与上一次在机场逗留相隔了18年半。那次我结束了澳大利亚的会议和讲学，从墨尔本乘坐新加坡航空的飞机，途中的飞行路线与当年从悉尼飞新加坡的路线十分接近。只不过现在有了数码相机，可以更自由更痛快地拍摄沿路的风景了。

出了机场海关，新加坡诗人郭永秀驾车来接，他比我年长一轮，是台湾女诗人颜艾琳介绍的。郭先生不仅是东南亚著名的诗人，同时也是一位音乐指挥家。他先带我去了市中心的牛车水广场，那里是最早的华人聚居区，也是最有中国风情的地方，那里有许多中华小吃店，我们先点了两盒小笼蒸包。

天福宫是地标建筑，始建于1840年。这座庙宇的前身是福建会馆，是正宗的闽南风格的庙宇建筑，里面供奉的是身穿红袍庇护航海的天神，也就是闽粤地区所称的妈祖。与天福宫相距不远的是崭新鲜艳的佛牙寺，正殿供奉一尊庄严的弥勒尊佛和一颗来自缅甸的出土逾200年的佛牙。我们悄然走进大厅，看到许多善男信女手捧经书，跟着小和尚念经。

牛车水广场只有一个篮球场那么大，却是华人休闲聚会或约会的地方，还有戏台供戏曲爱好者自娱自乐。相比牛车水广场，牛车水是个更大的概念，包含了附近的好几个街区。凡是招贴画或海报中含有中国元素的，大概都可以划归进来。因此我们可以说，在新加坡，牛车水就是唐人街或华埠的代名词。

至于"牛车水"名字的由来，有多种说法。其中的一种是，新加坡四面环海，缺乏淡水，来往商船到港后需要补充淡水，早期来新加坡的华人便赶着牛车拉着淡水到这里来兜售。满大街拉水的牛车盛况空前，慢慢地，"牛车水"就成了这一带的地名。

我们在小吃店里品尝了各种小吃。随后，郭老师送我去新加坡国立大学为我预订的酒店，是学校的访问学者公寓。到了晚上，他和夫人又来接我去吃晚饭，同来的还有一位女记者昕余，她是另一位多次来大陆的台湾女诗人青龙的朋友。

第二天一早，郭老师又带我去新加坡植物园，让我见识了许多热带植物，尤其兰花的品种，非常之多。有的花像甘蔗或高粱一样，非常华丽好看。据说，这是唯一入选联合国世界自然遗产的植物园。随后，郭老师带我去看了新加坡的标志——鱼尾狮喷泉，还有船屋酒店（一幢屋顶是船形的高楼），以及从前的英国总督府和闻名遐迩的肉骨茶店。

上午11点，我如约去国立大学见数学系主任朱程波教

新加坡的标志——鱼尾狮喷泉和船屋酒店。作者摄

授,他是浙大校友,还是新加坡数学会会长、新加坡科学院院士。2008年,朱程波与来访的年轻校友孙斌勇博士合作,在阿基米德域中证明了典型群无穷维表示的重数猜想。如今,当年的孙博士也已誉满中华,并当选为中国科学院院士。2022年夏天,两人双双受邀国际数学家大会做45分钟报告。不过由于疫情和俄乌战争(原本是在圣彼得堡召开),是在线上进行的。

朱老师第二天就要去德国访问,特意邀请我来国大做一个公众讲座。我们去学校餐厅用午餐,边吃边聊,说到他从前念书的浙大和马里兰大学、我们共同的朋友和同行,还有音乐和德国。之后,我们回到数学楼,开始我的讲座,朱老师亲自主持,听众主要是老师和研究生,华人的比例自然比澳大利亚的要高。虽说能懂中文的人居多,但依然需要用英文来讲。

值得一提的是，世界科学出版社（World Scientific）的三位数学编辑全都来了，其中有即将出版的拙作《经典数论的现代导引》英文版的责编雨萌。这家出版社是亚太地区规模最大的英文科技出版社，除了学术著作，还出版各类专业杂志，包括数论领域的《国际数论杂志》(*IJNT*)。我也是该杂志的作者，遗憾的是，编辑因为出差在外没有来。

8　欧亚大陆的南端

我在新加坡的最后一天，去了马来西亚第二大城市新山。到新加坡的第一天，我趁去牛车水游览时，曾到购物大楼的旅行社询问过一日游，最后决定去新山自助游，放弃了参加旅行社的印尼民丹岛游览。民丹岛属于新加坡南边的廖内群岛，乘渡船50分钟可到。依照郭老师和昕余的指点，我一早坐巴士到克兰门，然后乘地铁红线到克兰芝，走过长堤。持有中国护照的可免签进入新山，之后再搭乘火车去城里。

新山又名柔佛巴鲁，位于马来半岛的最南端，也是欧亚大陆的最南端，比印度半岛、阿拉伯半岛和中南半岛都要靠南，正是这一点吸引我来到此地。柔佛也是州名，意思是"大地的尽头"，巴鲁的意思是"新"，新山是华人的叫法。新山是州府，有180万人，其中10万是潮汕人，故有"小汕头"之称。新山与新加坡只隔着柔佛海峡，长堤就是海关。

出了车站以后，我经过过街天桥，走下台阶，来到车站前街，一头通向有100多年历史的柔佛古庙。它坐落在

陈旭年文化街。
作者摄

直律街,背山面海,居高临下,由于填海造田,如今它周围都是高楼。传说它是由19世纪柔佛州著名侨领陈旭年(1827—1902)等先贤倡议建造的,陈旭年后来曾是马来西亚的华侨首富。

虽然没有碑记可考其年份,但庙中现存两件文物:匾额和铜钟,前者书着"同治庚午"(1870),后者刻有"同治乙亥"(1875),说明柔佛古庙至少有150年的历史了。庙中供奉着5位神明,表明新山华人的五大组成部分:赵大元帅(琼帮)、华光大帝(广帮)、感天大帝(客帮)、洪天大帝(闽帮)和天元大帝(潮帮),天元大帝也是古庙的主神。

随后，我去了离古庙不远的新山唐人街，那里果然有一条陈旭年街。我参观了一家4层楼的民间马来西亚华人历史博物馆，大门敞开着，居然没有工作人员，我逐层上去参观。既感受到约占马来西亚人口四分之一的华人的艰难创业史，也了解了马来西亚的政治、经济和文化。

原来，马来西亚由13个州，即马来半岛的11个州和加里曼丹岛的沙捞越州和沙巴州组成，其中有9个州是有苏丹和王室的，另外4个州（槟城、马六甲、沙巴和沙捞越）则没有。马来西亚原来是英国殖民地，1957年独立时，英国要求实行民主选举制度，要9个苏丹和平相处，最后形成轮流担任国家元首（阿公）的制度，但实权是掌握在首相手里。

柔佛古庙内景

柔佛古庙。
作者摄

除了首都吉隆坡,马来西亚还有两个联邦直辖区,一个是纳闽,位于东马沙巴州西部,是南海上的一座岛屿,面积约92平方公里。1984年,马来西亚宣布纳闽岛为联邦直辖区,1990年正式立法成为国际离岸金融中心。另一个是布城,位于马来半岛西海岸中部,原属雪兰莪州,2001年成为第三个联邦直辖区。布城是政府所在地,包括首相署和各部在内的机构都设置于此。从这个意义上,马来西亚有点像荷兰和南非。

看过唐人街之后,我走到一座印度教寺庙跟前,那里面的色彩之缤纷,就像过节一样。在英国殖民统治时期,大量印度人移民到马来西亚,如今他们是大马的第三大族群。不过,早在笈多王朝时期,国王沙摩陀罗·笈多(335—380年在位)对东南亚各地的入侵远及爪哇和马来半岛,那时便开始有印度人移居于此。尽管在军事上雷厉

新山的印度教寺庙，建筑顶部是等腰梯形。作者摄

风行，在内政方面这位国王却是宽刑缓政的实践者，他本人有"诗人国王"和"印度的拿破仑"之美誉。

更令我惊喜的发现是，印度教寺庙的顶部是个等腰梯形的形状，且其雕刻之精美不逊于我见过的其他寺庙建筑。只是梯形的面积偏大，难免有头重脚轻的感觉。在拙作《数学简史》中，曾写到印度教的祭坛有固定的面积，无论是圆、半圆还是矩形，这促使印度学会了圆周率的精确计算。看来，古印度数学与宗教的关系之密切远不止于祭坛。

VII
从大洋洲到亚洲(下)

一种风流吾最爱
南朝人物晚唐诗
——(日本)大沼枕山

1　从南海到东海（上）

深夜两点，飞机终于从樟宜国际机场起飞了。同机的乘客焕然一新，黑压压的一片，几乎全是穿制服的少年。原来，他们是来新加坡春游的日本中学生。这让我颇为感慨，我年少时唯一一次春游是步行到邻县，美其名曰野营或拉练。飞机首先斜穿了马来西亚的一小片国土，接着便来到了南海。

南海诸岛中，首先出现在航路图上的是东边的纳土纳群岛，海拔960米，也是海南岛以外南海的制高点，前文说到的"克什米尔公主号"当年就是在纳土纳群岛附近的海域爆炸的。自古以来此群岛就有华人居住，目前绝大多数居民是马来人，但它隶属印尼。

1个小时以后，几乎到达了湄公河口，现已更名胡志明市的西贡在前方出现，令我疲惫的双眼微开。遗憾的是，

婆罗洲古城古晋

转瞬之间飞机又偏向了东方,远离了中南半岛。那时我根本没有想到,当年秋天我就有机会探访这座半岛的四大名城——河内、万象、金边和胡志明市。我对河内的喧嚣、万象的安宁和金边的黄土地印象深刻,更惊讶于胡志明市街头快速行驶的摩托车之密集。

右前方是曾母暗沙和南沙群岛,前者是后者的一部分,也是中国领土的最南端,接下来在我的睡梦中还将迎来西沙和中沙群岛。

航路图上出现了世界第三大岛加里曼丹岛,又名婆罗洲,它的南面是爪哇海。加里曼丹岛是全世界唯一由三个国家分割的岛屿,除了印尼以外,还有文莱和马来西亚的大部分领土。这其中,印尼西加里曼丹岛首府坤甸也曾出现在我从雅加达飞往香港的航路图上。坤甸有三分之一以上人口是华人,他们一半说潮州话,一半说客家话。

在东马部分,西南端的古晋是沙捞越州的首府,也是东马第一大城市,设有中国领事馆。多年以前,两位美术学院的女研究生联展,其中一位是我的台州老乡,另一位正是来自古晋的马来西亚学生,她们约请我写了画展的前言。古晋(Kucing)在马来语里的意思是猫,故有猫城之谓。

2018年夏秋之交,我应邀赴美参加爱荷华大学"国际写作计划",年轻的印尼小说家费萨尔(Faisal Oddang)便是来自加里曼丹岛的穆斯林。他最先分享了迁都消息:由于雅加达人口过于密集,地面下沉速度较快,四成土地已处海平线以下,故而政府决定迁都。新首都将设在东加里曼丹省,叫Nusantara,意为群岛,中文译为努山塔拉。这个消息比印尼总统佐科正式宣布早了一年。

印尼青年作家费萨尔。作者摄

　　东北端的港口城市山打根是沙巴州第二大城市，面对着苏禄海，意思是抵押之城，可能当初开设了当铺。18世纪初，山打根湾曾是苏禄王国对华贸易的出口港。19世纪下半叶，英国、西班牙、德国在此争夺管理权，最后被英国人占领。至1945年，它都是英属北婆罗洲（沙巴旧名）首府，后来首府迁移到南海边的哥打那巴鲁。

　　山打根是20世纪80年代风靡中国的日本电影《望乡》（1974）故事的发生地，这部影片依据同一作者的两部小说《山打根第八妓院》和《山打根之墓》改编而成。讲述了"二战"期间山打根一家妓院和日本慰安妇的故事，那也是我第一次知道有妓女和妓院这类社会角色和现象。印象最深的两个场景:一是有一天,因大量日军涌入妓院,老板太郎数着钞票过于激动,导致心脏病发作去世;二是妓女们的墓碑都背朝日本的方向。

女主演之一栗原小卷甜美的微笑曾使学生时代的我为之着迷,也勾起了我的回忆。她饰演了一名亚洲妇女生活的研究者,这个角色值得每一位同行和记者学习。三位阿崎婆扮演者中,老年的田中绢代最负盛名,她借此片荣获柏林电影节最佳女主角奖。在这部影片中,我还第一次听到了"美人"的用词,那是从村里一个流氓口中说出的,正因为他在一个雨夜潜入阿崎婆的草屋试图非礼或强奸"美人",才让在一旁看见的阿崎婆说出自己的故事。

那个时期上演的还有另一部栗原小卷主演的日本电影《生死恋》(1971),故事情节极其简单,却很能打动青春期的我们。女主角夏子移情别恋,两个男主角原来是好友,不料婚礼之前夏子死于爆炸事故,这让两个男子重归于好。不过作为许多人的"女神",栗原小卷终身未嫁。让我特别感兴趣的,婆罗洲岛上还有一个小巧而神秘的国度——文莱达鲁萨兰国。

2 文莱达鲁萨兰国

2020年1月22日,阴历十二月二十八日,我们全家参加国旅的旅行团,飞往文莱过节,那是我除东帝汶以外抵达的最后一个东南亚国家。飞机从上海浦东机场出发,其时新冠肺炎早已开始在武汉蔓延,并且每天有数字报出。江浙沪也有新冠病人(温州的第一例出院病人是在除夕),只是还

水上村庄里的女孩。
作者摄

没那么严重,尤其是,并没有提到传染的严重性。因此,旅行社没有取消行程,我们也决定不改变计划。

我们在武林门搭乘浦东机场大巴,上车时已开始检查体温,但还没有要求戴口罩。即便在浦东机场上了飞机,也只有一部分人戴。我们乘坐的是文莱皇家航空公司的班机,有一段时间是沿着台湾海峡西侧飞行,如果是几个月以后,可能这样的飞行多少会有紧张气氛,尤其是到了南海上空。

6个小时以后,我们抵达了水边的斯里巴加湾市(Bandar Seri Begawan)。它是文莱首都,原来叫文莱城。"文莱"本义是一种植物,而达鲁萨兰是伊斯兰教里的"和平之地"。1970年,为纪念前任苏丹奥玛尔·阿里·赛福鼎爵士,首都改为现名。Bandar的意思是城市，Seri Begawan意为高贵的公爵。我们游览了赛福鼎清真寺，进寺游人需赤脚，身着黑色长袍，妇女还要包着头巾，那是一种特别的体验。

斯里巴加湾市约有14万人，主要是马来人和华人。它曾是世界上最大的水上村庄，有"东方威尼斯"的美称。文莱国土不足5800平方公里，却被分隔成东西两个部分，中间是马来西亚的林海。有一天，我们乘坐汽船驶往其中的一户人家。当地家家户户都建有高高的码头，客厅里铺着地毯，主人拿出各种糖果点心招待我们。看得出来，这些场景是为旅行社安排的，据说年轻一代已经纷纷移居到陆上。

20世纪20年代，随着石油和天然气的发现和开采，国家财富和公民的生活水准大幅提升，尤其是"二战"结束

热带丛林里的白鹭。作者摄

以后。文莱的皇宫华丽但不对游客开放，我们参观了苏丹银禧纪念馆，是庆祝苏丹登基25周年而建，同样让人惊艳，可谓富贵逼人，那次马来西亚的苏丹全部出席了庆典。

最物有所值的一天是参观红树林那天。我们分乘电动小船，行驶在热带雨林的水道中，看见了文莱的国宝长鼻猴，还看到了大蜥蜴、鳄鱼、水蛇和白鹭。白鹭和斑鸠大概是最孤独的动物了，总是独自屹立，前者是在靠近岸边的水中，后者是在靠近水边的岸上。有意思的是，黄昏时分我在家附近河边散步时，也常常能看见它们的身影。

意外的是，小小的文莱与中国有着密切的关系。早在6世纪，南北朝时期，就有一位信仰佛教的文莱统治者派使者访问中国，并赠送特制的地毯给梁朝皇帝。在之后，隋朝、唐朝、北宋时期，文莱国王均曾派使者访问中国，在中国的典籍里其被称为婆利。

14世纪，伊斯兰教传入文莱，但并未影响与中国的关系。元末明初，中国称文莱为浡泥国，苏丹和福建侨民领袖黄森屏联合组建了新的文莱国，他们摆脱了爪哇的控制，在随后的两个世纪里变得强盛，国土包括如今的沙巴、沙捞越和菲律宾南部。黄森屏被文莱王室奉为始祖之一。

明永乐年间，浡泥王麻那惹加那曾亲率150多人的使团来中国拜见明成祖朱棣，不幸于当年10月病故。今天南京雨花台区安德门外石子岗乌龟山南麓还有浡泥国王墓。明成祖朱棣遵其"希望体魄托葬中华"的遗愿，以王侯的规格将其礼葬。2011年，斯里巴加湾市与南京缔结为友好城市，南京成为文莱对外结好的第一个友城。浡泥国王墓是中国仅有的两座外国国王墓之一，另一座是位于山东德

南京,浡泥国王墓神道。Shallowell 供图

州的苏禄王墓。苏禄国位于今天的苏禄群岛,位于菲律宾西南,南北分别是苏拉威西海和苏禄海,东西分别是棉兰老岛和加里曼丹岛。鼎盛时期的苏禄国是包含巴拉望岛和马来西亚沙巴州东北部在内的信奉伊斯兰教的酋长国,衰落时也曾隶属文莱。掌握苏禄国主要权力的是三家王侯,分别为东王、西王和峒王,其中以东王权力最大。

1415年,即浡泥国王去世9年以后,苏禄国3位国王率领家眷、官员共340多人组成的友好代表团来中国访问,受到明成祖的隆重接待。它的政治体制为政教合一的苏丹制。访问结束后,当他们到达德州北的北营时,东王巴都葛·叭哈剌突患急症,不幸病逝。明朝廷以"王礼"厚葬之,并在附近择址建陵。

苏禄东王下葬后,其长子随西王、峒王等人回国继承王位,王妃葛木宁、次子、三子及侍从十余人则留在德州守墓。1423年,明朝政府派人护送王妃回国,可是,由于对东王的眷恋,次年她再次返回德州,从此再未离开,与两位王子长期居留德州,直到去世。在苏禄王墓东南方,有3个略小的封土堆,那便是王妃和王子的坟墓。

3　从南海到东海(下)

南海的水域面积之广令人惊奇,它周围拥有的国家和地区之多在世界范围内大概仅次于地中海和加勒比海,而与波罗的海不相上下。飞过南沙群岛以后,航路图的右侧出现了菲律宾群岛。从地理学上讲,菲律宾群岛也是世界面积最大的群岛——马来群岛的组成部分,后者还包括印度尼西亚群岛。

2005年夏天,我曾与4名研究生一起参加马尼拉大学举办的CIMPA数学会议。我对校园里的热带植物、奎松突突鸣响的拖拉机和马尼拉湾的落日印象深刻,那会儿菲航的主人是华人。菲律宾的文化受到西班牙和美国的双重影响,1898年,在西班牙人统治了3个多世纪以后,菲律宾被美国人占领。如今,英语和当地的他加禄语是官方语言,而国名用的却是西班牙语。

记得会议间歇,我们利用一个休息日搭乘巴士向南,去八大雁港,再从那里坐船到民都洛岛。我在路上写了几首诗,试图复制早年在希腊爱琴海的旅行。我也曾向往去葡萄牙航海家麦哲伦被杀的小岛马克坦,却发现那里非常遥远。民都洛岛是菲律宾第七大岛,面积是马克坦岛的150倍。我抵达的不是首府卡拉潘,而是附近的加利拉港,那里的白色海滩吸引了不少外国旅游者。

在台北舅舅家门口

还是写回这次旅程吧。黎明即将到来,当我们飞过东沙群岛来到台湾海峡时,东方已露出鱼肚白。飞机从宝岛上空略过,在高雄和澎湖列岛之间进入,又相继飞越了台中和新竹。1996年冬天,我曾在台中的彰化师范大学参加台湾数学年会,会后还游览了日月潭和岛的西海岸。

到达台北上空时,空姐恰好开始供应咖啡和早餐,那天晴空万里,我的座位临窗,可以清晰地看见下面的台北市,真是一次意想不到的奇遇。我想起5年前的那次台湾之旅,幸运地得以见到年近八旬的舅舅,如今隔着1万多米的距离,恐怕是最后一次如此接近他老人家了。果然,两年以后,就在那场"非典"流行期间,我的舅舅辞世了。

其实,舅舅并非死于"非典",而是因为肺结核病发作,碰巧赶上台湾的"非典"高潮,被当作疑似病人隔离起来。这对于一个饱经风霜的老人来说无疑是个致命的打击,以至于提前离开了人世。他的大半辈子作为一名远洋

1996年,作者在台北故宫博物院

轮船的水手和船长,被许多不同国籍的船主雇用,足迹遍及五大洲四大洋,包括我此次环球旅行所到达的八个港口:上海、瓦尔帕来索、布宜诺斯艾利斯、奥克兰、悉尼、新加坡、福冈和长崎。

舅舅受雇香港招商局时曾遭遇海难,那一次在他的指挥调度下,全体船员获救,他是最后一个下船的,为此得到过英国交通部的嘉奖,不料却被柏杨先生无端指责[参见柏杨(1920—2008)的杂文《沉船与印象》,收录在其代表作《暗夜慧灯》]。我每次读到舅舅寄给母亲的信,都要到地图上查找一番,那是我孩提时代最大的乐趣之一。记得有一封是从日本的横滨发出,他因为身体不太好,加上从横滨到新加坡这段水域较为平稳,便把船交给大副驾驶,自己则乘飞机直接去了新加坡。

离开台北的外港基隆以后,飞机进入了东海的水域,从屏幕所显示的地图上可以看出,右侧除了那座著名的钓鱼岛以外,还有隶属琉球群岛的先岛诸岛,包括与那国岛、西表岛、石垣岛、宫古岛四岛。这四座岛屿的名字虽然陌生,却是离中国最近的日本领土,与基隆的距离不过两百公里。

这之后,我们飞抵与浙江海岸线平行的公海上空,左侧的故乡台州在一刻钟里过去了,还有温州、宁波和舟山群岛,包括外婆居住的南田岛和渔山列岛。右侧也是星罗棋布的岛屿,从冲绳诸岛到土噶喇列岛,统称琉球群岛,令我想起加勒比海的小安的列斯群岛。一个多小时以后,我们已经来到朝鲜海峡,从佐世保进入了日本的九州岛。九州是日本第三大岛,面积略大于台湾,人口却约只有台湾的三分之二。

4　饭冢的金光滋

离开哥伦比亚整整两个星期以后,我飞抵日本九州岛的中心城市福冈,中日数论会议的主办方近畿大学,派来一位大四学生庆子小姐在机场迎候。这是我第二次到访日本,与前一次相隔了7年时光,那一次我是从旧金山返回上海的旅途中,在东京稍作停留,再沿着新干线造访了富士山、芦之湖、伊豆,以及中部的丰田、名古屋。

取好行李,我和庆子小姐走到福冈机场的国内部,从

三位中国数论学家在开幕式上,左起:张文鹏、潘承彪、贾朝华。作者摄

那里坐上一辆发往远郊的公共汽车。一路上鸟语花香,几乎是沿着山间的溪流东行。近畿大学本部位于关西重镇大阪,七十多分钟以后,我们抵达了近畿大学九州工学部的所在地——饭冢市,那里离九州岛的最北端——北九州似乎更近一些。

中日数论会议发轫于20世纪末,基本上是两年一次在两国轮流举行,原本有把范围扩大到印度和韩国的计划,但至今尚未实现。不过,它的大门一直对全世界的同行敞开着,本次会议就有来自德国、意大利的数学家,还有一位任教美国佛罗里达大学的印度人阿拉迪。阿拉迪来自马德拉斯，他还给饭冢的一所中学做了一个科普讲座，那次我也去听了，只是那时不曾想到，多年以后我也能用英文做讲座，且遍及了五大洲的学校。

在入住的旅店里，我遇到了北京大学的潘承彪教授，他是我昔日博士生导师潘承洞教授的胞弟，还有上海大学的陆鸣皋教授、中国科学院的贾朝华教授和西北大学的张文鹏教授，后两位也是中日数论会议最初的发起人。日本方面，主要由会讲中文的近畿大学金光滋（Shigeru Kanemitsu）教授热心操办，如果没有他，就不会有这项前所未有的学术交流了。

两年以后，我在印度的硅谷——班加罗尔再次遇上了金光教授。我这才知晓，他复姓金光，单名滋。但他本人更愿意被中国同行称作金教授，因为听上去更像中国人的姓氏。因为那次会议的参加者中只有我们俩是来自印度以外的亚洲人，相互之间有了进一步的了解，方知原来他与莫斯科方面也频繁联络，而他来中国的次数已经不计其数了，看来是一位行动活跃的日本数学家。

金光教授虽说英文发音并不准确，却不影响他谈吐幽默风趣。迄今他已发表一百多篇学术论文，撰写或主编了十多部专著。除了策划、组织中日数论系列会议，他还常来中国讲学，尤其喜欢西安，担任了西北大学中日数论研究所所长，为陕西培养了多位数论研究生。

虽说我与金光教授在学术方面交流不多，但他也悄悄关心我的研究。2012年，正是他和另外两位数论同行在波兰著名的学术期刊《数论学报》上发表了一篇与贝努利数有关的同余方程的论文，其中有一节讲述了以往我在这方

1994年,作者初访日本时在东京一家小超市

面的研究和方法,小标题就是 Cai's method。这自然让我备受鼓舞,多年以后我得知,这是由金光教授提出来的。

饭冢是一座只有几万人口的小城,物价相对低廉,选择此地开会主要是为了节省开支。金光教授发给我们每人 5 万日元的生活费,除了会议期间的点心和晚宴招待以外,吃饭问题由我们自行解决。九州靠近朝鲜半岛,因此饮食颇受韩国的影响,尤以烤肉店居多,一般是顾客自己动手,边烤边吃。

朝华和文鹏比我早到,对周围的饭店已有所了解,因此我们去的应该是最具风味的几家。很快,我便熟悉了饭冢这座小城,街道两旁栽着菩提树和桂树,有一条叫远贺川的河流贯穿市区,4 座百余米长的桥梁连着两岸,中央还有一座小岛。樱花时节尚未来临,岛上开满了油黄的芥菜花,而饭冢的市花——大波斯菊则要等到秋天才开放。

每天晚餐以后,金光教授和几位日本数学家便过来陪我们去泡吧。同去的还有3位东京早稻田大学的教授和名古屋大学的谷川好男（Tanigawa Yoshio）教授。我还记得1999年首次中日数论会议期间，古川教授曾跟我悄声说："别说太多，多吃。"2017年夏天，他曾来杭州旅行，我请他吃杭帮菜。而我2007年参加东京诗歌节期间，也曾被3位早稻田大学教授约请同游浅草寺。

饭冢的酒吧其实也是小餐馆，大多开在小巷深处，门口挂着红灯笼，通常只能容纳二三十位顾客。长长的桌子，周围是榻榻米的座席，把每个人的距离拉得非常近。我在欧美参加过许多次会议，访问逗留的时间就更长了，从来没有和外国同行如此密切地交往过，我相信日本同行在西方也会有同样落寞的感受。

这种亲近感大概与中日两国源远流长的关系有关，尤其是九州，2000多年前就与中国有了交往。除了好客以外，日本人的遵纪守法再次留给我良好的印象，即使是一个人经过空旷的十字路口，也必定等绿灯亮了以后才出发。提起红绿灯，我突然想到了红灯笼，在近畿大学举行的欢迎宴会上，也悬挂着好几盏呢，看来它已成为日本的传统了，每年8月中旬的灯笼节也是全日本最热闹的传统节日，企业通常要放假一至两周。

5　阿苏火山之旅

会议进行到第三天，组委会安排我们到九州中部的阿苏火山游览，近畿大学派出了一辆豪华大巴。大巴并没有经过福冈，而是沿着一条两车道的公路，直接驶往西南方

阿苏火山的山口截面。作者摄

的熊本县。我的邻座是东京大学的佐藤教授,他告诉我九州和中国的古称并无直接的联系,这座岛屿在7世纪时共有9个小国,如今减缩为7个县。

佐藤还告诉我,"畿"即京畿,指的是古都奈良和京都,这两座日本仅有的古都相距约50公里,均为仿唐朝的长安所建,相对于它们,附近的大阪自然就叫近畿了。"京畿"也是日本最吸引游客的地区,据说每年都有三分之一的日本人前往京都参观。不仅如此,日本人似乎都有一个信念,就是一生至少要去京都一次。当时尚不知道,再过7年,我便能趁第四次日本之行得以造访,果然是名不虚传。

我与佐藤聊起了他的两位东大校友——谷山和志村,他们属于日本战后最富创造力的一代,虽然所受的教育并不完整(这与中国的情形颇为相似)。半个世纪以前,两人提出了一个代数几何领域的猜想,一位德国数学家推断,由谷山-志村猜想可以直接推导出举世闻名的费马大定理,不久这个推断由一位美国数学家证实了。

20世纪末，英国数学家安德鲁·怀尔斯正是靠着证明谷山-志村猜想，一举攻克了费马大定理。显而易见，那个美国人运气不太好，假如他和怀尔斯的工作在时间上做个调换，那项巨大的荣誉就落到他头上了。佐藤告诉我，谷山和志村的个性截然相反，一个衣着不整，另一个十分考究，两人共同的爱好是泡吧、光顾小餐馆。

在历史上，日本数学一直落后于阿拉伯、印度和中国，他们主要通过译介中国古代著作来传播数学（有的是从朝鲜半岛传入），如《周髀算经》《九章算术》和《孙子算经》。到了17世纪，这种局面才有所改变，日本人发展出自称为"和算"的数学体系，不过，也只是限于计算弧长和相交圆柱公共部分的体积。

19世纪末开始的明治维新运动促使日本敞开了国门，在数学领域则实行"和算废止，洋算专用"（唯有珠算沿用下来），开始了近代数学的研究。20世纪后半叶以来，先后有5人次获得国际数学界的最高荣誉——菲尔兹奖或沃尔夫奖，其中小平邦彦一人独揽两项，这在亚洲绝无仅有。

小平邦彦是在日本取得博士学位，在东京大学副教授任上前往美国的，他在52岁时返回祖国，后来才领取了沃尔夫奖。另一位菲尔兹奖得主广中平佑也是在日本国内接受高等教育，后出国交流、任教，45岁回国效力，而20世纪50年代出生的森重文和沃尔夫奖得主伊藤清，除了出国访学以外，一直在日本的大学学习和任教。这4位数学家均未加入过外国籍。

2个小时以后，大巴直接驶上海拔1600米的阿苏山巅，

世界上最大的活火山——阿苏山。作者摄

气温明显降低,幸好我们全穿着冬装。阿苏山由5座山峰组成,我们到达的那座山峰碗状的山口周长绵延100多公里,是世界上最大的活火山。山顶有许多碉堡状的掩体,火山突然喷发时可供游客躲避。顺着山口我们清晰地看见,岩石和土层像被刀割了一样整齐,没有一棵草木,不时有浓浓的青烟从下面的深渊冒上来。

阿苏山位于熊本县的东北角,遗憾的是,我没有机会去西部同属熊本县的天草群岛。电影《望乡》的女主角阿崎婆就来自天草。天草群岛和长崎县的岛原半岛是19世纪末20世纪初南洋姐的主要输出地,据说当时日本政府为了积累资金发展资本主义,输出南洋姐去做妓女以谋取外汇。

返回饭冢的路上,我问起阿苏的来历。佐藤告诉我那是神仙的名字,传说古代天皇来此巡游,没见到一个人,于是神仙装扮成人,对天皇说:"有我阿苏在呀。"我又问佐藤,既然富士山已休眠三个世纪,为何名声仍如此显赫?他解释说富士是日本的最高峰,如同中国人有天人合一的思想,日本人讲究山人合一,加上富士山造型对称优美,附近人口稠密,因此每年夏季都有数以千计的人登顶朝拜。

6 原子弹的长崎

在欧洲和北美,无论是参加学术会议还是诗歌节,组委会一般只安排市内游览。日本人就不同了,他们和中国人一样有着东方式的热情好客。会议进行到第五天,金光教授亲自做导游,率领与会的中国数学家和几位西方同行,乘火车前往九州西端的长崎游览。这座海滨城市我孩提时代就知道了,它是离上海最近的外国城市,到上海的距离比到东京或首尔都要近,飞行时间只需1个小时。

可是,九州的火车却开得很慢,这条路上又没有新干线。首站是福冈,后面几站的名字非常有趣:鸟栖、鹿岛、谏早,最后到达长崎,用时整整3个小时。好在铁道线两侧景色宜人,快到目的地时,海湾边上出现了许多小山岙,每个山岙都坐落着村庄,田里生长着谷物,还有袅袅的炊烟,与中国南方的乡村颇为相似。

长崎县是九州的7个县之一,拥有多处海湾、岬角和岛屿,包括位于朝鲜海峡中的对马岛和五岛列岛。长崎县北部的平户市,过去叫九州平户藩,明朝时期是倭寇的发源地和大本营,或许更为中国人熟知的是,这里也是明代收复台湾的民族英雄郑成功的出生地。郑成功的父亲是泉

《蝴蝶夫人》演出海报

州人,海商和海上走私集团的头目,娶了五房太太。郑成功的母亲是日本人,他在平户随母长到6岁才被接回父亲老家。如今平户市主体在平户岛,但也有一部分在九州岛,因此它是日本本土最西端的城市。

由于所处的地理位置特殊,长崎是日本最早对外开放的贸易港之一。不仅是中国的商船,葡萄牙人、英国人和荷兰人也从这里进入日本,随之而来的还有天主教和枪械。如果不是被称为神风的台风两次阻止,日本也可能会被蒙古人占领,成为元朝的一部分。

在从17世纪中叶开始的两百多年闭关锁国期间,日本禁止国人出国并大肆驱逐外国人。当时唯一的例外也是长崎,它是德川幕府政权准许开放的港口,甚至允许朝鲜人和小部分经商的中国人、荷兰人居留下来。从地图上看,这座城市的形状如一座圆形剧场，濒临港湾的山坡上修建起弯弯的街道和层层排列的房屋，居民明显比同为港口城市的瓦尔帕莱索多多了。在长崎玉园町（町在日文里意思是镇）有一座圣福寺，也称广州寺，建于1677年，是旅日华侨最早的聚会场所。

据说圣福寺里收藏了唐代大诗人王维的名画《辋川图》，之前我常在书籍里见到，可惜错过了。辋川是诗人晚年的隐居地，也是他的安葬地，位于长安（今西安）东郊的蓝田县。王维在这里写下《辋川集》，再加上画中的"辋川别业"或"辋川山庄"，与《辋川图》堪称"辋川三绝"。"辋川山庄"原来的主人是诗人宋之问，他的后人将山庄卖给了王维。有意思的是，鉴真第6次东渡，成功登陆日本的地点就是在离长崎不远的一座渔村，而那时〔天宝十二载（753）〕距离王维去世仅8年。

确切地说，鉴真和尚登陆是在长崎以南的鹿儿岛县，那也是日本本土最南端的县。17世纪荷兰殖民者引进印尼鹿在此繁殖，故而得名。它拥有世界自然遗产屋久岛等特色岛屿，是著名的旅游区。屋久岛有"海上阿尔卑斯"之誉，拥有九州最高的两座山峰。鹿儿岛市位于九州岛，是县厅所在地，著名的企业家兼哲学家、日航总裁稻盛和夫出生于此，他提出了一个创造力方程式：创造力=能力×热情×思维方式。

说到鹿儿岛，它还与我的故乡台州黄岩有缘。鉴真和尚最终成功抵达的是鹿儿岛，而在此以前，他第4次东渡时曾在黄岩城内庆善寺（今大寺巷）小住，那次他原计划从台州出海，却被黄岩县令劝阻了。明朝永乐年间，日本僧人智惠到天台山进香，带回了黄岩蜜橘种子，在鹿儿岛播种，育成无核橘，20世纪70年代中日建交以后，这种蜜橘再传回黄岩，成为佳话。

远离首都和日本经济中心的长崎没有贡献出值得称道的文化艺术，不过，它是意大利作曲家普契尼的歌剧《蝴蝶夫人》故事的发生地。这部名扬世界的两幕歌剧依据美国同名小说改编，讲的是一个世纪以前，艺伎巧巧桑（蝴蝶夫人）的悲惨命运，她15岁时嫁给驻守长崎的美国海军上尉平克尔顿，上尉回国3年音讯全无，痴情的蝴蝶夫人谢绝了包括亲王在内的所有求婚者。

可是，巧巧桑最后等到的是绝情的丈夫，他和新婚妻子准备带走巧巧桑与他所生之子，于是她悲痛欲绝，拔剑自刎。剧中巧巧桑期盼丈夫归来时唱了一曲《晴朗的一天》，尤为精彩。遗憾的是，金光教授并未带我们到海湾边相传是故事发生地的那座宅邸。九州之行让我心中怀有一个疑问——为何在大量吸收了中国文化，尤其是采用汉字书写之后，日本突然在江户时代完全中断了与中国的交往和联系？

2017年，长崎出生的英国作家石黑一雄获得了诺贝尔文学奖。1954年，石黑出生在长崎；6岁那年和姐姐随供职北海石油公司的父亲移居英国；高中毕业后，他在北美游历了1年（gap year），还做过打击乐手；1974年，石黑开始在肯特大学攻读哲学，获文学学士学位；1983年，他的第一部小说《群山淡景》出版，讲述了在英国生活的日本寡妇悦子的故事，影射了发生在长崎的灾难。

除了在东海之滨漫步，参观和平公园和中华街、中国人馆以外，我们在长崎的其余时间大多是在原子弹纪念馆度过的，这也是每一位游客的必到之地。1945年8月6日，美军B-29轰炸机先是在本州的广岛投下第一枚原子弹"小男孩"。3天以后，飞机又来到九州，准备在小仓投放，那里有家兵工厂，若如此行事，附近的北九州会跟着遭殃。

不料小仓乌云密布，遂改投长崎。其实当时长崎上空也有云层，飞行员已经接到了指令，准备4分钟后退回设在太平洋关岛的基地，但忽然间云雾散开。幸好投下的第二枚原子弹"胖子"在空中提前爆炸，伤亡人数比广岛约少了一半，6天以后，天皇宣布投降，9月2日正式在投降书上签字，"二战"就此结束。实际上，当时美国手中仅有两枚原子弹。

在返回饭家的火车上，我不由得感叹，历史有时是偶然发生的，甚至气候和机械故障也可以起到关键作用。多年以后我又了解到，美国投放原子弹前，曾专门设立一个投放地点遴选委员会，匈牙利出生的数学家冯·诺伊曼也是成员之一。起初京都也在候选城市中，但一位将军回忆起年轻时造访京都的美好情景，遂建议另行选择。

环顾四周，每个人心情都非常沉重，加上旅途的劳顿，谁都不愿开口说话。快到福冈时，金光教授附身轻声告诉我，本次会议的论文集将收入我写的一首献给费尔马的小诗，也算是旅途的一个意外收获。2008年，第5次中日数论会议在大阪举行，在喜来登酒店举行的开幕式上，金光教授邀请我即席朗诵一首诗。没想到的是，2011年，日本会遭遇另一次由地震和海啸引发的核危机和大灾难。

7　中日数论会议

第2次中日数论会议在离福冈70分钟车程的饭冢举行，虽然我们往返都是在福冈机场起降，但我们并没有机会和时间浏览这座九州最大的城市，也是日本第四大的城市。不知是否考虑到这一点，金光教授特意安排第7次中日数论会议在福冈举行，那是在2013年秋天，与饭冢会议相隔了12个年头。

既然是中日轮流举行，为何这次是奇数次呢？原因是其中有一次日本方面没有准备好，因此中国方面连续主办了。也就是说，中方已举办4次——北京（1，1999.9）、西安（3，2004.2）、威海（4，2006.8—9）、上海（6，2011），日方举办了3次——饭冢（2，2001.3）、大阪（5，2008.8—9）、福冈（7，2013.10—11）。

中日数论会议的发起人金光滋。作者摄

福冈日式晚餐

7次会议里,我唯一错过的是西安会议。同时,我也是唯一全部参加了日方举办的3次会议的中国同行。与上一次到九州的路途相比,这回没有环绕地球一圈,但也是两次横跨了太平洋,两次穿越了赤道线。记得我先是去墨西哥城参加诗歌节,再到秘鲁首都利马讲学,途中在厄瓜多尔的瓜亚基尔逗留了一天。

值得一提的是,就在那年5月,数论界发生了两件大事,震惊了数学界乃至社会大众。一是华裔数学家张益唐在美国宣布,他在孪生素数猜想研究中取得重大突破,即存在无穷多对素数,它们的差不超过10的7000次方;二是利马出生的数论学家贺欧夫各特在互联网上发表了一篇文章,题目是 The ternary Goldbach conjecture is true,他宣布证明了三元哥德巴赫猜测。

所谓三元哥德巴赫猜想又称三素数哥德巴赫猜想、奇数哥德巴赫猜想或弱哥德巴赫猜想,是1742年瑞士数学家欧拉和德国数学家哥德巴赫在通信时提出的,他们猜测,每个大于7的奇数均可表示为三个奇素数之和。例如,9＝3＋3＋3,11＝3＋3＋5,13＝3＋3＋7或3＋5＋5……

易知,奇数哥德巴赫猜想可以由偶数哥德巴赫猜想导出,后者也是由欧拉和哥德巴赫在那次通信中同时提出来的。它说的是,每个大于4的偶数均可表示为两个奇素数之和。例如,6＝3＋3,8＝3＋5,10＝3＋7＝5＋5……事实上,对任何一个大于7的奇数,用它来减去3,其差为大于4的偶数,如果偶数哥德巴赫猜想成立,那么它可以表示成两个奇素数之和。于是,原先那个奇数就可以表示成3和这两个奇素数之和,也即3个奇素数之和。

众所周知,1966年,我国数学家陈景润在偶数哥德巴赫猜想研究中的成果至今仍领先世界。而奇数哥德巴赫猜想最好的工作成果来自苏联数学家维诺格拉多夫,他在1937年证明了充分大的奇数可以表示成3个奇素数之和。此前在1923年,英国数学家哈代和李特伍德曾在广义黎曼假设下证明了上述结果。

1955年,另一位苏联数学家博罗兹金将上述"充分大"确定为有限的常数,共4008660位。2002年,两位中国数学家(香港的廖明哲和河南的王天泽)将这个常数缩小到1346位。可是,仍远远超出电子计算机的运算范畴(大概可以验算到10的18次方幂,即18位数)。

另一方面,1995年,波兰数学家卡涅茨基证明了,在广义黎曼假设下,奇数均可以表示成5个奇素数之和。2012年,菲尔兹奖得主、华裔澳大利亚数学家陶哲轩在无条件情形下，证明了上述结果。仅仅相隔一年，贺欧夫各特便宣布了他将"5"改为"3"（4个奇数之和是偶数），从而完全证明了奇数哥德巴赫猜想。

贺欧夫各特的证明综合使用了圆法、筛法与指数和等经典的解析数论方法，辅之以严格的计算（对10的29次方幂以下的奇数），包括对狄利克雷L函数零点的检测。虽然迄今为止，他没有在杂志上公开发表，但到2018年，全世界的同行基本上认可了他的证明。正如早些时候，俄罗斯数学家佩雷尔曼对庞加莱猜测的证明也从未在正式出版物上发表。

贺欧夫各特1977年出生在利马，后来留学美国，获得布兰代斯大学学士和普林斯顿大学博士学位，证明三素数哥德巴赫猜想时他就职于巴黎高等师范学校。2015年，他被德国哥廷根大学聘为洪堡教授。贺欧夫各特曾获剑桥大学的亚当斯奖和伦敦数学会颁发的怀特海奖，他应该是历史上秘鲁最好的数论学家。

巧合的是，由金光滋、刘建亚和九州大学一位同行主编、新加坡世界科学出版社出版的中日数论会议论文集中，收入了我和两位研究生合作的论文《形素数与希尔伯特第8问题》。所谓形素数是本人早些年提出的新概念，它包含了所有素数且与素数在无穷意义上一样多。我们的猜想是：无论奇偶，任意大于1的正整数皆可表示成两个形素数之和。换句话说，我们把奇数和偶数的哥德巴赫猜想合二为一。

8　去往唐朝的渡口

从利马到福冈是一次漫长的旅程，幸好有诗歌陪伴，

经停洛杉矶机场时我获得灵感,写作了一首诗:

冬天到来的时候

冬天到来的时候
会有一场暴风雪
在宝石山上空聚集
雪花会飘临我的阳台
会覆盖毕毕的爪印

冬天到来的时候
在小兴安岭的某个村庄
会有一位少年爬上一列货车
去到很远很远的城市

佐贺县的小火车站。作者摄

寻找医生救治他的父亲

冬天到来的时候
墨西哥城郊外的那些山头
会承受更多的人口和家庭
会有更多鲜艳的房屋
游人和警察不敢轻易闯入

冬天到来的时候
利马城依然无雨
人们依然会到海滨吃海鲜
喝甜甜的紫玉米汁
依然会有鲜花开满悬崖

2013，利马—洛杉矶—上海

　　降落在浦东机场以后，我径直乘坐地铁去了静安寺附近的一座公寓，是上海作协专门为来沪参加"国际写作计划"的外国作家们安排的住处。我见到了古巴裔美国诗人维克多·罗德里格斯，他用西班牙语写作，是著名的美国诗人聚集地——黑山学院的教授。三年前我们在立陶宛诗歌节上相识，一年前，考虑到维克多的古巴背景，我向上海方面推荐了他。当晚我和维克多共进晚餐并促膝交谈。

　　第二天一早，我再次前往浦东机场，去福冈参加中日数论会议。这段旅程只需一个小时多一点，比到北京还要快。这次会议主办方是九州大学，这是日本继东京大学、

和辛策尔在火车上

京都大学之后的又一座帝国大学，郭沫若早年就读于该校，系该校著名校友，包含代表作《凤凰磐涅》在内的诗集《女神》中的多数诗作是他在九州大学读书期间写成的。

这次会议的安排有些特别，中方参会者住在城里，开会地点却在东郊的分部，因此我们每天要坐1个小时的公交车。与会的中方代表还有山东大学的刘建亚教授、南京大学的孙智伟教授、中国矿业大学的翟文广教授。路上我们看到几艘巨轮停泊在港口，我还记得开会的地方有一幢漂亮的房子，附近有农田，午休时走在乡村小路上，能够抵达农家，那里有一台红色的手扶拖拉机，比我小时候在浙东南乡村看到的可要漂亮许多。

值得一提的是，除了中国和日本的数论学家以外，本次会议还邀请了波兰数学家辛策尔，他出生于1937年，那年已经76岁。他的博士导师是赫赫有名的谢尔宾斯基，以

滨海小城唐津。作者摄

混沌理论里的谢尔宾斯基三角形等著称于世。辛策尔的博士生里有赫赫有名的伊万尼茨,后者是前文提到的贺欧夫各特的博士导师,张益唐轰动一时的成果也是由他审阅之后才发表的。

辛策尔有着犹太人典型的鹰钩鼻子,他以辛策尔猜想著称,这个猜想包含了孪生素数猜想等一大批猜想。他还有一些精巧的结果或猜想,例如,关于方程 $xyz = x+y+z = 6$ 的正有理数解,他用巧妙的方法证明了存在无穷多组正有理数解,包括(1,2,3)。我和研究生张勇曾用椭圆曲线的方法将此结果推广到任意多个未知数的情景。例如,将6改为8,所得唯一正整数解为(1,1,2,4),最简洁

韩国总统府青瓦台。作者摄

的正有理数解为(1,25/28,9/20,128/35)。因此,我和辛策尔还是有一些共同语言的。

除了数学以外,我和他还聊些其他话题。有一次我发现,他开会时带着法国18世纪作家夏多布里昂的《墓中回忆录》,遇到不感兴趣的报告,他便低头看书。我问他是否法文好于英文,他摇摇头说:读法语是为了读得慢。在旅途中,我们有更多的交谈,他对波兰诗人如数家珍,从密茨凯维奇到米沃什,从辛波斯卡到赫伯特,最后我们一致认同,最伟大的两个波兰人是哥白尼和肖邦。

日本同行依然好客,有一天,金光教授带我们坐火车,从福冈车站出发,沿着海滨西行,去往佐贺县的小城唐津,途中停靠了几个小得无法再小的迷你车站。唐津只有十多万人口,自然环境优美,全市三面靠海、一面环山,从照片上看像是被嘉陵江环绕的阆中古城。顾名思义,唐津意为渡往中国（唐代）的港口，古时与中国交往较多，并留有许多遗址，我还看到石刻的俳句和收集俳句的邮箱。

无独有偶，在韩国西海岸的忠清南道也有个唐津，离首尔不远，人口与日本的唐津相差无几。第二天，我将飞往首尔，去见我的韩文版作品出版人、翻译和诗友，也会游览青瓦台、江南的梨泰院和奉恩寺等，后者是那首因骑马舞和"洗脑"曲风而风靡全球的《江南Style》诞生地。令人惋惜的是，由于金光教授即将退休，因此这也可能是最后一次在日方举办的中日数论会议，也是两国数论学家倒数第二次相聚了。

同样遗憾的是，两次相隔15年的九州之行我都错过最北端的北九州，那的关门（马关）海峡与本州岛西端的山

夜晚的江南。
作者摄

大久保利通像

口县下关市隔海相望,最窄处仅600米,有桥梁和隧道相接。山口旧称长州,著名的"长州五杰"中有日本第一任首相、宪法和议会之父伊藤博文(1841—1909),其余4位是第一任外相、工程之父、铁路之父和造币之父。1863年,他们四人经上海留学伦敦大学学院学习化学,其中伊藤和另一位几个月后就回到日本,投身于明治维新。

1871年,伊藤博文又参加了岩仓使团赴欧美考察,他们从横滨出发,搭乘美国商船"亚美利加号",造访了欧美12国,历时22个月。使团中的大久保利通(1830—1878)出生在鉴真当年登陆的九州鹿儿岛,他是日本明治维新头号政治家,被誉为"东洋的俾斯麦",为了改革翻云覆雨,铁血无情,不论敌友,挡在前进路上的任何人和事都只能灰飞烟灭。他最后遭刺杀身亡,但也促进了明治维新的成功。

9 尾声:回到起点

在福冈县博物馆里,有一枚汉光武帝刘秀赐予日本国使者的"汉委奴国王"印章,那是公元57年。这枚印章是

1784年在福冈海湾的志贺岛出土的,当地的一个农民在一块巨石下面发现了它。在《后汉书》里,也有记载这枚印章。不过,日本直到公元4世纪才首次获得统一,因此委奴国应该是九州的一个小国。

这一点《汉书·地理志》里写得也很清楚,"海中有倭人,分为百余国"。这里"倭"(读wō)同"委",这枚印章也成了"倭国"之称谓被认为是从中国传入的主要依据,后来日本人自己也接受了这个名字。至于"日本"一词,据说是与阿苏火山有关,因为在日语里"火"与"日"同音,日本又有"火山之国"之誉。

由此看来,中日两国的交往至少有着两千多年的历史。再考虑到陆上和海上"丝绸之路"的拓展,看来古人对东西向的交流情有独钟,毕竟相近的纬度有着相似的气候。我的环球旅行也是自东向西为主。明天,第二届中日数论会议即将结束,我即将走完这段奇妙的旅行,从福冈乘飞机返回上海。今晚,会议主办方在一家名叫"巴黎的黑船"的饭店设宴为我们饯行。

虽然,我为中日两国关系并没有随时间的推进而变得密切起来感到遗憾,但我接触到的日本人对中国人都非常友好,这种发自内心的真诚很难让人感受不到。诚然,某些心理上的敌对和矛盾长期存在,也会妨碍两国人民相互取长补短,其中某些教益是无法从西方国家获取的。

从"巴黎的黑船"这个名字可以看出,日本人和中国人一样对欧洲文明非常推崇。或许,正是这种文化上的落后和经济上的发达形成的反差,加上历史上个别事件的发生,造成了某些日本人的阴暗甚或畸形的心理。而作为一个旅行者，他必须热爱生活，热爱他所到达的每一个国家的人民。

以往我只知道日本有遣隋使和遣唐使，近来才得知，他们还有遣欧使，虽说时间上要晚许多，但比起清政府派出留美幼童仍要早近3个世纪。1582年，丰臣秀吉统治下的天正年间，罗马教皇派遣的巡礼团结束了在日本两年半的传教考察，成功收获了数十万信徒，包括多位大名（领主）。他们在长崎港搭乘葡萄牙人的船返回欧洲，同时通过大名的推荐，选拔了4位十三四岁的贵族少年随船赴欧，这就是所谓的天正遣欧少年使团。

使团一行历经澳门、马六甲、印度、好望角等地（其时尚未有苏伊士运河），历时两年半抵达里斯本，随后前往马德里和罗马，谒见葡、西国王和教皇格列高利十三世，呈上国书。其后他们游历欧洲达一年之久，所到之处均受到热烈欢迎。在意大利，比萨大公夫人邀请伊东祐益在宴席上跳舞，威尼斯画派领袖丁托列托为这位少年画像，此画于2014年在意大利被发现。之后，他们从里斯本扬帆归国，当他们乘坐的船只缓缓驶入长崎港时，少年已长成20岁上下的青年。

就在他们出国期间，日本国内发生了巨大变化，丰臣秀吉在基本统一全国后下令禁教并驱逐传教士，而当年派遣他们赴欧的大名都不在人世了。故而他们归途在澳门逗留了许久，4个少年后来殉教的殉教，病死的病死，他们波澜壮阔的大航海经历，留在了同胞的记忆中，伊东与大公夫人跳舞的逸事，至今仍在舞台上被演绎。仅仅过了25年，德川家康时期的庆长遣欧使团又自己造船，180人从

伊东祐益肖像。
丁托列托作

宫城县（首府是鲁迅先生留学的仙台）石卷港出发，前往欧洲……

1982年，日本邮政发行了遣欧少年使团400周年纪念邮票。正是从那次访问开始，日本人认识了更强大的欧洲，改变了学习方向。这就像早年的阿拉伯人是向印度人学习的，后来他们在征服叙利亚和埃及的征途中接触到大量的希腊文化遗产，改变了学习对象。至此，也解开了前文（本章第6节）提及的那个存在我心中已久的谜团。同时也让我明白，唯有变得真正强大，才能成为别人的榜样。

一个阳光明媚的初春午后，我们踏上了归途。屈指算来，过去的50天里，我有三分之一时间是在旅途中。飞行至东海上空时，我又想起鉴真和尚。鉴真生活的年代是正值盛唐的8世纪，那是日本对中国顶礼膜拜的年代，在来华取经的僧人盛邀之下，他产生了去日本传授佛教的念头。

春日大社。
作者摄

可是，佛教不像基督教那样有派遣传教士的传统，他的行动受到朝廷的种种阻挠，以至于历尽艰辛才到达九州。

鉴真后来客死异乡。2008年夏末，我在那次造访京都的旅途中也游览了古都奈良，拜谒了他圆寂的唐招提寺。14年后，当我造访中雁荡山的一座古寺，日本前首相安倍晋三在奈良街头遇刺。在鉴真之后，七下西洋的郑和也客死在印度西海岸的卡利卡特。再后来，法显、玄奘、哥伦布和达·伽马也做过冒险旅行并各有所获。麦哲伦虽有环球航行的勇气和行动，并曾两次穿越赤道线，却在菲律宾中部的马克坦岛被杀，未能亲自完成原先的计划。最后，还是儒勒·凡尔纳在小说里让他的主人公完成了环球旅行。

想到这里，我为自己能够实现梦想而激动，那通常是今天的富豪们花费巨资才能完成的。这样的旅行就像一本书的写作一样，更多属于个人行为。对我来说，或许一生就这么一次，而这一次也就足够了。没想到的是，10年以后，我有机会在同一年里各用半个月的时间两次环绕地球一圈，并且沿着相反的方向，却再也没有提笔的愿望。无论如何，这次旅行就像一只永不褪色的彩球，飘扬在我记忆的天空里。

附录　生命是由旅行组成的

本篇文字是南京女作家罗玛受《城市画作》杂志之托，对蔡天新进行的采访。

罗：如果在世界地图上把您去过的国家涂上一种颜色，这种颜色占陆地总面积的比例是多少？

蔡：大约60%。如果把无人居住的南极洲——我只是在从阿根廷到新西兰的旅途中俯瞰过——排除在外的话，这个比例将是66%[①]（世界的三分之二），其中北美洲93%，南美洲76%，亚洲76%，大洋洲89%，欧洲99%（只剩下冰岛未造访），非洲11%。

罗：我看过余秋雨教授的《行者无疆》，他的随行人员有60多位，浩浩荡荡的一个车队。您在旅途中会感到孤独吗？

蔡：余教授的出行让人羡慕，至少旅费和办理签证方面的事用不着他操心了。他努力在历史和现实之间寻找契合点，给人以启迪。我的文字更想表达的是一种自由的声音，并把这种声音传递给读者。几千年来，我们的祖祖辈辈被限制在这片黄土地上，即使到了21世纪，我在旅途中还经常被误认为日本人或韩国人。当一个人享受自由的时

[①] 这是2011年的数据，如今可以提高4%。

候，他的孤独也是甜美的。

罗：周游世界是很多人的梦想。我很好奇，是什么样的机会使您能够游历了那么多国家和地区？

蔡：有关数学和文学的活动引导我去了一半，另外一半则由一些即兴旅行完成。我不喜欢用"自助"这个词，因为它原本就是旅行的属性之一。有一个意念始终支持着我，我甚至认为，"我们绚丽多姿的生命是由一次又一次奇妙的旅行组成的"。

罗：但不可能每个国家都仔细游览吧？您最喜欢哪个国家？

蔡：是的，不过也有例外。我曾在美国居留过两半年，第一个夏天在硬座车厢里度过了20多天，第二个夏天驾车跑了3万公里，加起来共去了46个州。而法国我曾以20多种不同的方向进入。为了回答您后面那个问题，我写了两本书《美洲人文地图》和《欧洲人文地图》。

罗：非常过瘾。您又最喜欢哪一座城市？最让您难忘的是哪一次旅行？

蔡：20世纪末，美国《国家地理》杂志读者投票评选出"一生中最值得一游的10座城市"，它们是巴塞罗那、香港、伊斯坦布尔、耶路撒冷、伦敦、纽约、巴黎、里约热内卢、旧金山、威尼斯。到2002年，我已经游历了其中9个，耶路撒冷2009年才获得机会，从中筛选有点难。我写了《26城记》，每个字母开头都有我特别喜欢的城市，我在《数字与玫瑰》里写："地图上的每一个小圆点下面都居住着一个种族，他们以迥然有别的方式生活着，能够得以亲近自然是一桩美妙的事情。"如果存在刻骨铭心的旅行的话，那一定是新千年之初的拉丁美洲之行，对我有着非凡的意义，正是在那里，我开始结识说不同语言的诗人，他们让我体会到了世界文学大家庭的温暖。那一次我是停薪留职，不仅学会了西班牙语，第一部外文版诗集《古之裸》也是在那个大陆出版的。

罗：您的数学才能对现实生活有帮助吗？比如说在旅途中，您是否能在最短的时间里对经济支出做出最合理的计算？

蔡：有3个夏天我来到巴黎，每次都逗留10天以上，没有工作目的。巴黎是一座值得回味和重访的城市，那里自由的空气让我试着学做金融交易，我发现我完全可以自食其力。而早些年在那些物价昂贵的城市，我一般选择入住青年旅店或家庭旅店，那样既便宜又可以结交朋友。

罗：对于那些想环球旅行的人，您有什么建议和忠告吗？比如要进行哪些准备？

蔡：我曾经3次绕地球一圈。一次自东向西，用了50天；另两次自西向东，分别用了半个月。我认为要成为一个环球旅行者，首先必须是一个梦想家；其次，要做好精神上的准备，而不仅是物质上的准备。有不少人问我办理签证有什么窍门。过去申请签证经常遇到一些人为的阻挠，例如在国内申请的话，领事馆的工作人员就挡驾了。有一次我向瑞士驻上海领事馆申请签证，接电话的人告诉我，瑞士不给中国人旅行签证，我回答说，领事馆的首要任务就是给人发放旅行签证。等到那边签证官接了电话，剩下的事情就比较顺利了。

罗：您去过不少发展中国家，您认为它们与发达国家之间的显著区别是什么？

蔡：可能是环境吧，那比什么都重要。这不仅与经济基础有关系，更依赖于人们的生活观念。比起17、18世纪的欧洲来，我们现在的经济总要发达一些吧？不过，即便在西欧，仍存在微妙的差异。例如，在瑞士的任何一个角落，你很难看到输电线或电话线，它们全部埋在地下，而在法国乡村，这一点尚不能做到。又如，多年以前，中国台湾地区的外汇储备跃居世界前列。可是，一位当地政界人士指出，假如要把台北的地下管道铺设得和巴黎一样好，这些外汇还远远不够。另一方面，欠发达地区的人民对外国旅行者更为热情。

罗：听说您早些年每次去国外参加数学会议，都在旅行包里塞上自己的诗集或自编的诗歌小册子《阿波利奈尔》，分发给与会的数学同行？

蔡：（笑）没有的事，不过也有例外。2001年春天我参加了福冈的中日数论会议，会后出版的论文集扉页上印了我的一首献给费尔马的诗。

罗：除了数学会议以外，您还经常参加国际诗歌节。比较而言，您更喜欢哪一项活动？

蔡：恐怕是诗歌节。诗人来自世界各地，被形形色色的观众环绕着，他们住在五星或四星级宾馆里，每天享受着美味佳肴，组委会还提供双程机票和出场费。这大概是诗人更优越的地方，欧洲的诗歌节比电影节还多。而学术会议的主办方知道，数学教授一般有课题经费，所以数学教授不仅要自理旅费和食宿，甚至还要交会务费。

罗：看来外国诗人的处境还不错。据说您曾是少白头，写诗以后又变黑的,诗歌能给我们带来什么呢?

蔡:这多少像是一个奇迹。我有过非常寂寞的童年,以至于"白了少年头"(参见《小回忆》增订版,生活·读书·新知三联书店,2020)。这说明诗歌至少可以用来做染发剂,诗歌还可以帮助我们理解并面对各种苦难、生活的变故,甚至死亡。有一次,我的一位同事非常急切地找到我,因为他在上海读大学的侄儿失恋了,跑到杭州来,他不知道如何安慰。对一个民族来说,诗歌可以让语言保持鲜活,如果仅仅有报纸、电视或网络,语言就会不断僵化,汉字也会被汉语拼音取代。

罗:您说过与现代诗歌最接近的艺术是绘画,同时谈到"至少在目前这个阶段人类的听觉在智慧方面的接受能力不及视觉"。这是否意味着当我们进入"读图时代",与心灵最亲近的诗歌也变得急切和功利起来?

蔡:通常我的书里有许多插图,有些是我在旅途中拍摄的。这些图片是文字的注释和补充。与此同时,我对图片也进行了文字注释,这好比物理学中的自相似性。至于您说的功利现象可能只是表面上的,我始终认为,真正的诗歌会提升诗人和读者的生活质量。

罗:您还说过,"诗人似乎是生活在边远地带的一个部落,他们的灵魂像几行孤雁飞过天空",这听起来多少让人有些伤感。

蔡:比起其他文学或艺术体裁,诗歌在历史长河中闪耀的时间更久一些。即使在今天,优秀的诗歌给予人们内心感受的动力也是无法估量的。可是,并不是每个诗人都具有文字以外的谋生才能。

罗：不管怎么说，相对于诗歌而言，人们对数学更加陌生。在一般人眼里，数学几乎是枯燥的代名词。数学与诗歌，两者是如此不同，甚至矛盾，您是怎样将它们统一起来的呢？

蔡：既然许多数学家能成为政治家，我写点诗歌又算得了什么。从本质上讲，数学和诗歌是人类最自由的两项智力活动。我倒是觉得，如果一个人既写诗又搞化学实验，或者既做政府官员又研究数学，更让人不可思议。

罗：您的多重身份既容易引人注目，同时，是否也容易使人忽视对您诗歌本身的关注？

蔡：恐怕是的，包括读者、批评家、媒体，甚至诗歌同行，中国诗歌界有许多小圈子，有些诗人对交往比对写作更感兴趣。不过，每次外版诗集出版时，都未见出版商拿我的多重身份做文章。

罗：《数字与玫瑰》是一本罕见的书，它涉及数学、物理、诗歌、绘画、地图、旅行……您认为您是一个学识渊博的人吗？

蔡：写作的时候可能是吧。许多事物在我的记忆里很模糊，仅仅是在特定的时间里才突然变得清晰，并相互联系在一起。

罗：就我所知，您的随笔和游记是许多人耳熟能详的，您在《书城》杂志上开过3年多的游记专栏，《地图》杂志上的专栏更持续了十年。作为一个诗人，您对此有何感想？

蔡：人们更渴望对外面世界的真实了解。我的游记不同于通常意义的游记，很多时候只是把旅行作为一种写作线索。至于我的诗歌,并不难读,只是缺少必要的载体和契机。

罗:您投入翻译的精力并不多,却很受好评。与写作相比,您更倾心于哪一种创作方式?

蔡:从某种意义上讲,写诗就好比饮酒作乐,既是生活的一部分,又是生活的外延;既是一种虚拟的点缀,又反映了真实的内心。如果把翻译和游记相比较,前者仿佛探望一位心仪已久的人,后者则像是故地重游。

罗:您说过您年轻时酷爱跳舞,尤其那种可以随时起舞的拉丁音乐。能说说这方面的爱好是什么时候开始的吗?

蔡:我大学毕业那年还属于teenager(意为青少年),甚至不知道班上谁和谁谈过恋爱,跳舞当然是读研时学的。在开始写诗以前,我把所有种类的音乐都听了一遍。我认为凡是美妙的音乐都可以跳舞,无论是心灵的舞蹈还是身体的舞蹈。

罗:说到身体的运动,我还知道您喜欢足球,是否有助于精神的活跃?

蔡:大概我的爆发力和平衡能力还可以,尤其爱好身体接触、对抗的运动,摔跤和足球也在其中。小时候在乡村,我喜欢玩一种推人的游戏,就是一个人站在灰堆上,另一个人冲上去拉他下来。足球方面最值得我骄傲的战绩是有一年的大学教工足球联赛,平均一场比赛我踢进1.4个球,成了无冕的"足球先生"。不过35岁以后,我只看或关心足球了。现在喜欢看的赛事有欧冠、欧洲杯和世界杯,也喜欢看NBA和CBA,还有网球大满贯和田径比赛。